Gémeaux

DU MÊME AUTEUR,
DANS LA COLLECTION « CHEMINS NOCTURNES »
AUX ÉDITIONS VIVIANE HAMY

Un été pourri
Le festin de l'araignée
L'étoile du Temple
La mort quelque part
Fin de parcours
Gémeaux

AUX ÉDITIONS J'AI LU

Un été pourri, *J'ai lu* 5483
La mort quelque part, *J'ai lu* 5691
L'étoile du Temple, *J'ai lu* 5874
Le festin de l'araignée, *J'ai lu* 5997
Lâchez les chiens ! *Librio* 373
Home, sweet Home, *Librio* 451

Maud Tabachnik

Gémeaux

J'AI LU

ÉTAT DE CALIFORNIE, LE DERNIER ÉTÉ

L'US 66 est une route mythique. Les paumés, les aventuriers, et ceux qui cherchent à s'échapper d'eux-mêmes, ont imprimé leurs traces dans son goudron. Elle traverse le pays de part en part, franchit des sommets qui flirtent avec le ciel, ou s'étale dans des plaines sans fin. Chaque kilomètre pourrait raconter une histoire, pas toujours drôle. C'est le Road Movie.

Mais les frères Hunter n'étaient pas sur la 66. Ils étaient sur la US 15 qui brûle à Chula Vista et gèle à Missoula. Ils roulaient exactement entre Dunningan et Arbuckle, et entre ces deux patelins il n'y avait rien d'autre que des coyotes, des busards et des serpents.

Parfois, un de ces énormes camions étincelants de chrome qui s'imaginent les Princes de la Route les croisait en faisant hurler sa trompe, et d'autres fois, c'étaient des camionnettes de fermiers qui débouchaient d'un chemin qui se perdait dans la caillasse.

Pas de quoi faire la fête quand on a trente ans et qu'on s'appelle Gil et Jeffrey Hunter.

Gil était l'aîné de neuf minutes. Le temps nécessaire pour que le cordon ombilical s'enroule autour du cou de son frère et prive son cerveau d'oxygène pendant de précieux instants.

N'empêche que tous deux étaient grands, blonds et forts.

Et méchants.

Ils roulaient dans un mobile home qu'ils avaient plus ou moins retapé et peint en beigeasse et marronnasse. Quatre couchettes, un kit cuisine, une douche qu'ils dépliaient dans un placard, des chiottes de secours, et un nombre invraisemblable de boîtes de conserve et de canettes vides.

Gil conduisait, le bras à la portière, et la main droite détendue sur le volant. À côté, son cadet regardait la route d'un air content. Jeffrey l'était généralement quand il se trouvait avec Gil qui était son assurance-vie et son maître à penser. Gil décidait de tout, arrangeait tout. Avec Gil, les ennuis étaient pour les autres.

La première fois qu'on les voyait on ne les différenciait pas. La seconde, on repérait le voile qui enveloppait le regard du cadet, et lui donnait cet air flou et incertain semblable à celui d'un myope.

Ils avaient quitté la halte de la nuit depuis trois, quatre heures, vidé une demi-douzaine de canettes, pissé autant, et roulaient sans savoir où ils allaient et ce qu'ils y trouveraient. Ils s'en fichaient. Le but était de mettre le maximum de distance entre la ferme familiale de Bethany où sévissait leur vieille folle de mère, la population du même Bethany, et eux.

— Oh, où on va, Gil?

Gil but une large rasade de bière avant de répondre et balança la boîte par la portière.

— Au sud.

— Pourquoi au sud?

Gil se tourna vers son frère.

— Si je t'avais dit à l'est, tu m'aurais dit : pourquoi à l'est?

Jeffrey secoua la tête en riant. Son frère savait toujours avant lui ce qu'il allait dire.

Le silence retomba. Puis Jeffrey se mit à fredonner une chanson dont il ne connaissait que la rengaine; et au bout d'un moment Gil lui dit de la fermer.

Le cagnard tapait fort. Gil en avait marre de conduire et avait faim.

— J'mangerais bien un morceau, pas toi?

— Oui, j'ai faim. Mais y a pas de resto dans c'coin.

— Ouais...

Au détour d'un virage, un ranch apparut au milieu des champs d'avoine. Vu de là, il avait la taille d'une maison de poupée et la camionnette parquée devant ressemblait à un jouet.

— Tiens, v'là du monde.

— Où ?

Sans répondre, Gil vira dans un chemin de terre.

Ils traversaient des champs dorés. Un vent léger faisait frissonner les pointes chevelues des graminées, donnant l'impression que la terre remuait, mais aucun des deux frères n'y prêtait attention.

Le regard de Gil s'était durci.

Ils s'arrêtèrent à courte distance de la maison, derrière des ormes touffus. Des fenêtres ouvertes leur parvenait le son d'une télé. Sur la gauche, un hangar abritait une moissonneuse-batteuse. Plus haut, perchée sur une colline, se dressait une imposante propriété.

— Qu'est-ce qu'on fait ?

— On y va, répondit Gil en ouvrant sa portière et en se laissant tomber sur le sable.

— Y vont nous donner à manger ?

— J'espère, j'ai les crocs et j'ai soif. Allez, amène-toi, dit-il en tâtant dans sa poche de blouson le cran d'arrêt qui ne le quittait jamais.

Ils grimpèrent les trois marches de la véranda. Gil plissa les yeux pour voir à l'intérieur et rencontra le regard d'un homme qui parut surpris et se leva. Il entendit une voix masculine demander ce qui se passait, et une femme entra dans son champ de vision.

L'homme poussa la porte.

— Salut, c'est pour quoi ?

Sa chemise à carreaux était poussiéreuse et son jean faisait ressortir ses bourrelets.

— Salut, mon frère et moi on est en balade dans l'coin ; not'voiture a soif et nous aussi. Alors on s'est dit qu'vous pourriez p't-êt' nous dépanner.

— C'est d'l'eau qu'vous voulez ?

— Entre aut', sourit Gil, un casse-croûte f'rait aussi l'affaire.

— Qu'est-ce que c'est ? questionna l'autre type s'encadrant à son tour dans la porte.

Il était grand et maigre, rouquin, avec un visage en lame de couteau et des jambes d'échassier.

— Ils se baladent, expliqua le premier, et ils ont faim et soif.

— Et alors ? grogna le rouquin, on n'est pas une auberge.

— Pas très hospitaliers, à c'que j'vois, reprocha Gil avec une grimace.

— Si c'est d'l'eau qu'tu veux, reprit le maigre, t'as la pompe, là, dehors.

— J'aime mieux la bière, répondit Gil posant sa main à plat sur la porte. J'suis sûr qu'vous allez pas r'fuser un coup à boire à deux pauv'bougres.

Le grassouillet se pencha à l'extérieur.

— C'est à vous le mobile home ? Et vous n'avez pas de provisions ?

— On n'a pas eu le temps de faire des courses ce matin.

— Vous avez un pat'lin à six miles, intervint le rouquin, vous trouverez tout c'que vous avez besoin.

Gil regarda la femme qui était restée en arrière. Sa robe à fleurs moulait une poitrine appétissante et des fesses rebondies. Il sourit à son frère.

— Qu'est-ce t'en dis, frérot ?

Jeffrey se balança d'un pied sur l'autre.

— S'il y a un patelin plus loin…

— Ouais, mais tu r'nifles pas comme ça sent la bonne bouffe ici ?

— Eh, dites donc, grogna le rouquin, écoutez donc votre frangin… et barrez-vous.

— J'te remercie d'ton invitation…

Et Gil poussa brutalement le premier type qui trébucha sur le maigre qu'il entraîna dans sa chute.

En une seconde, les deux frères furent à l'intérieur. Gil releva le gras-double et lui balança une gifle qui le fit retomber sur le maigre empêtré au sol. La fille, un plat dans les mains, fixait la scène d'un air ahuri.

Le cadet des Hunter entra dans la danse ; il gifla le maigre à lui emporter la figure. L'homme hoqueta et retomba en brisant une chaise.

— Bon, ben à présent, les choses sont claires, dit Gil en sortant son cran d'arrêt qu'il colla sous le menton du rouquin. Le premier qui moufte, j'lui tranche la gorge, vu ?

Il était en colère. Il ne demandait qu'à casser la croûte et ces pécores avaient voulu jouer les durs.

Il pensa au sexe mouillé et chaud de la fille.

Les deux hommes se relevèrent sans quitter des yeux la lame pointée sur leur gorge.

— Bon, ben tout le monde s'assoit, proclama Gil, donnant l'exemple. Eh, toi, comment tu t'appelles ?

La fille ne répondit pas, et Jeffrey, par jeu, lui tapa sur la tête.

— Celia, elle s'appelle Celia, intervint le rouquin, c'est ma sœur et elle est muette.

— Sans blague, muette, c'est le pied ça, dis donc !

Gil tendit l'assiette qui était devant lui.

— Sers-moi donc de c'que t'as là, et donne-moi d'la bière. Et à mon frère aussi.

Elle regarda le rouquin qui acquiesça.

— Mangez et partez, dit-il, on n'vous veut pas de mal.

Gil haussa les épaules et caressa les fesses de la fille pendant qu'elle le servait. Elle fit un saut en arrière, et son frère voulut intervenir.

— Jeffrey…

— Oui, gloussa son frère en chopant le rouquin et en le balançant avec aisance contre la cuisinière.

— Vous n'avez pas le droit, tenta le grassouillet.

Qui alla rejoindre son copain.

— Tiens, prends ça, dit Gil en tendant sa lame, et surveille-les.

Il se leva et enlaça la fille. Elle se débattit violemment et il eut du mal à la maîtriser. Son frère et l'autre gars, aplatis contre le mur, hurlaient des menaces, mais Jeffrey les empêchait de bouger en cisaillant l'air de son poignard à hauteur de leurs yeux.

Essoufflé et sur le point de lâcher la fille, Gil hurla :

— Si vous lui dites pas de s'tenir tranquille, j'lui ordonne de vous égorger.

— Ordure, hurla le rouquin, lâche-la, espèce de salopard !

— Jeffrey !

Le couteau fendit la joue du rouquin qui y porta vivement la main.

— Nom de Dieu ! jura son copain.

Devant le sang qui inondait le visage de son frère, la fille se pétrifia.

Gil en profita pour l'assommer.

— Occupe-toi d'eux, hurla-t-il en traînant le corps inanimé dans la pièce voisine dont il referma la porte d'un coup de pied.

— Il ne doit pas, c'est une infirme, cria le rouquin, la gueule en sang, à Jeffrey qui le regardait en souriant. Ne le laissez pas faire.

Jeffrey haussa les épaules. À ce moment, le grassouillet se releva et lui empoigna le bras. Il ne fut pas assez rapide. La lame siffla, ouvrit la chemise et la peau dans le même mouvement. Il brailla, et Jeffrey lui taillada les avant-bras qu'il avait levés pour se protéger.

— On reste tranquille, susurra-t-il.

Gil projeta la fille contre le mur et déboucla son ceinturon. Elle revint à elle et se redressa, les yeux fous.

— Tu vas être mignonne, maintenant ? dit-il en exhibant son sexe.

Respiration coupée, elle glissa le long du mur.

— Tu vas t'arrêter, ou faut qu'j't'épingle en marchant ?

Elle se jeta sur lui et il n'eut que le temps de l'arrêter d'un coup de pied dans le ventre qui la fit rouler au sol. Puis il déchira sa robe et, s'emparant d'un pied de lampe, l'assomma de nouveau.

Il lui écarta les cuisses des mains et du genou et se soulagea avec ardeur.

Il revint dans la première pièce en se rajustant. Les deux pécores épongeaient leur sang sous le regard intéressé de Jeffrey. On entendait les reniflements et les gémissements de la fille.

— Tu veux y aller ?

Jeffrey pinça les lèvres et secoua la tête.

— J'sais pas trop.

— Tu les aimes plus jeunes, hein, frérot.

L'aîné des Hunter se tourna vers les deux hommes.

— Vous avez du blé ici ? (Et comme ils ne répondaient pas :) Vous avez du blé, oui ou merde ?

Le grassouillet, qui pissait le sang, désigna un placard.

— Dans… dans… le… dans le tiroir… là.

Gil arracha le tiroir. Une liasse de billets de cent dollars dégringola par terre.

— *Shit,* ça rapporte, la culture.

Il compta sept billets et les empocha. La jeune fille apparut dans l'encadrement de la porte. Du sang poissait ses cheveux et coulait sur ses cuisses entre les pans déchirés de sa robe.

— Elle était vierge, expliqua Gil à son frère.

Jeffrey la regardait, les yeux exorbités. Le rouquin se redressa et alla vers sa sœur.

— Ma petite, ma petite, qu'est-ce qu'il t'a fait ?

Ses mains maigres et calleuses lui caressaient maladroitement les cheveux. Elle se dégagea et courut dehors comme une folle.

— Merde ! s'exclama Gil en se lançant à sa poursuite, empêche-les d'bouger.

Mais le rouquin était déjà à la porte et Jeffrey l'embrocha d'un seul mouvement.

Un moment, les deux hommes restèrent enlacés, puis le rouquin baissa la tête et vit le manche du cran d'arrêt enfoncé dans son ventre. Ses yeux se révulsèrent ; il glissa à terre, cramponné à Jeffrey qui retira tranquillement la lame et se retourna vers le grassouillet qui agita les mains.

— Non… non… pas moi… non…

Il lui trancha la gorge d'une oreille à l'autre.

Quand Gil revint, il secoua la tête devant le carnage.

— Tu parles d'une corrida.

— Tu as eu la jeune fille ?

— Ouais. Y s'est passé quoi ?

Son frère haussa les épaules.

— Ils voulaient courir dehors.

Gil secoua encore la tête.

— Bon, ben avec tout ça, j'ai plus faim. Regarde dans le frigo s'il y a de la bière, et tirons-nous.

— On les laisse comme ça ?

— Tu veux leur faire une cérémonie ? Plus on s'ra loin, mieux on s'portera. Allez, embarque.

Ils sortirent. La campagne arborait sa placidité habituelle et, dans les ormes, les piafs s'envoyaient des trilles. Gil aperçut un nuage de poussière sur la route qui venait de la villa sur la colline.

— V'là du monde, tirons-nous, dit-il en grimpant à la volée dans la cabine du mobile home.

Il embraya et démarra en quatrième vitesse. Il refit la route en sens inverse et déboucha sur la 15 sans rétrograder.

Ça n'avait pas d'importance. Aussi loin que portait le regard, la route était vide.

BOSTON, MASSACHUSETTS

Parfois, comme ce soir, j'aime marcher dans Charles Street, le long du fleuve. C'est une longue avenue mal éclairée parce que de joyeux lurons aiment prendre ses lampadaires pour cible. J'imagine y respirer l'air du large alors qu'il est chargé des rejets des usines alignées sur l'autre rive. Mes pas résonnent sur le pavé mais ce bruit familier ne me rassure pas. Je regarde trop souvent par-dessus mon épaule comme si derrière moi marchait un fantôme. Celui de Changway.

C'était un Sino-Américain d'un mètre soixante-deux qui pesait à peine un demi-quintal. On avait travaillé ensemble une petite année et il m'avait sauvé la vie dans une fusillade avec deux drogués. Et Thompson nous a mis sur l'affaire Genosi.

Genosi, c'est une lame de rasoir.

Après des semaines de planque et de filatures on le serre dans un quartier excentré à Marblehead Neck. On avait fait venir la cavalerie mais l'ânerie d'un « bleu » l'a alerté et il s'est réfugié dans une maison occupée par une famille de Noirs.

J'avais pris le porte-voix et je parlementais avec lui, quand on a entendu des coups de feu à l'intérieur et le gosse de la maison est passé au travers de la vitre.

Chang a vu rouge et s'est précipité avant qu'on ait pu l'empêcher, et Genosi lui a fait exploser la poitrine d'une balle de .44.

Je suis resté longtemps au-dessus de lui à essayer de comprendre pourquoi cet idiot baignait dans une mare de sang qui s'évasait sur le trottoir autour du trou large comme une assiette que lui avait fait la balle en ressortant.

SAN FRANCISCO, CALIFORNIE

Le pire, c'est le matin. Je n'ai pas envie de me lever. Pire, je VEUX rester couchée. Pourquoi ? Je ne dors pas, je ne baise pas. Alors je me tire du lit vers midi, mais pour ce que je fais, je pourrais aussi bien y rester.

Woody, je le sais, commence à perdre patience. Qu'il aille se faire foutre. Nina se contrôle de plus en plus difficilement, et là, ça devient grave.

Tant que j'étais en morceaux, elle a été la plus dévouée, la plus compétente, la plus amoureuse, la plus présente des infirmières. Mais l'état de grâce s'est arrêté quand « ils » ont décidé que j'étais de nouveau bien.

Faux. Je suis mal. Bon, on est aux États-Unis, l'empire des psys. L'autre matin, débarque Nathan Apelbaum, un ami d'université de Nina.

— Salut, Nat.

— Salut, ma belle. Tu as l'air en forme !

Je le fixe, parce que ça fait trente secondes que je suis debout, que je n'ai pas fermé l'œil de la nuit, que je me suis engueulée avec Nina et que je n'ai pas encore pris mon café.

— Assieds-toi, Nat, ça t'évitera de dire des conneries.

Il glousse et se sert une tasse de jus.

— Bon, je t'accorde que je t'ai connue plus rigolote. Qu'est-ce qui ne va pas, Sand ?

Il n'y a que lui pour trouver un diminutif aussi idiot.

— Tout baigne, soupiré-je en sirotant mon café.

— J'imagine. J'ai lu un article sur toi dans le *New Yorker*. Ils ne s'en remettent pas qu'une jeune et jolie nana ait collé les épaules à terre à tout un patelin. Superwoman ! Tu sais quoi ? Le pays a besoin de ça. Tu représentes *The Way of Life*. Ça ne m'étonnerait pas que Clinton t'invite à dîner.

— Il peut s'fouiller.

— Je croyais que t'étais démocrate.

— Qu'est-ce que ç'a à voir ?

Il rit et se beurre une pancake.

— Dis donc, tu me parais un peu morose, j'aimerais bien te voir chez moi. T'as besoin de dégorger. Ce Bechner[1], c'est comme le loup-garou de ton enfance. Le monstre dans le placard. Viens m'en parler.

Je le regarde par-dessous ma crêpe.

— Tu rigoles ?

— Pas du tout.

— C'est Nina qui a eu cette glorieuse idée ?

Il hausse les épaules.

— C'est vrai qu'elle s'inquiète pour toi.

— Qu'elle aille se faire voir.

La surprise lui décroche la mâchoire.

— Sandra ! C'est à mon tour de m'inquiéter.

— Alors, va au même endroit.

Il avale de travers, je me lève et balance le reste de café par-dessus la rambarde.

— Réfléchis, dit-il en se levant. Tu ne peux pas rester comme ça. Après une prise d'otages tout ce qu'il y a de soft les gens se font suivre pendant des mois tellement ils ont été secoués. Toi, c'est le grand modèle. Ils ont voulu te tuer. Tu n'es pas Lucky Luke. Tu es sérieusement ébranlée, tu dois te faire aider.

— J'y penserai. Bonjour à ta femme, dis-je en le laissant planté sur la terrasse.

---

1. *Cf.*, du même auteur, *Le Festin de l'araignée* (éd. Viviane Hamy, coll. « Chemins Nocturnes », 1996 ; éd. J'ai lu n° 5997).

D'accord, ce n'est pas une solution. Je vais perdre, si je continue, et mon job et ma compagne. Est-ce que c'est grave ? De se poser la question l'est déjà.

Mon job ? Bof. Nina… ? Là c'est autre chose. Quatre ans qu'on discute, qu'on s'engueule, qu'on se passionne et qu'on fait l'amour comme si c'était la première fois. Ça compte. Depuis Joan, c'est la seule femme que j'ai pu et supporter et aimer.

Je prends une douche, me rince, me sèche, enfile un peignoir et vais m'écrouler sur mon transat face à l'océan. Je sens que je ne vais pas bouger d'ici un long moment. Cette étendue grise m'hypnotise. Je me mets en alpha ou en bêta, je ne sais plus.

Je suis vachement mal.

BOSTON, MASSACHUSETTS, BERKELEY STREET

Hier soir, le sergent Rodgers a fêté son départ à la retraite, et ce matin je suis arrivé au commissariat avec la tête dans un étau.

J'ai salué vaguement les collègues et je me suis affalé dans mon fauteuil après avoir soigneusement accroché ma veste en alpaga et cachemire, ma dernière folie de chez Stark et Liberman.

Je ne suis pas là depuis une minute que le téléphone sonne. C'est Thompson.

— Goodman ? Quelle surprise, vous êtes arrivé ? (Il laisse un blanc et hurle.) Je vous veux dans mon bureau tout de suite !

Je repose le combiné en me massant le front. Thompson, ce n'est pas Saddam Hussein, mais il voudrait bien.

J'enfile ma veste et me pointe chez lui. Il est debout derrière son bureau, mais à cause de sa taille, c'est comme s'il était assis. Ce doit être ça son problème.

Le lieu est parfumé par sa friandise favorite : un cigare roulé avec du poil de skunks et de la morue séchée, auquel s'ajoutent les effluves de melon et de fromage qui s'échappent des poubelles de l'Italien voisin et qui entrent par la fenêtre.

— On a retrouvé Genosi.

J'oublie en un instant et mon enclume et ces fragrances exaltantes.

— Où ?

— À Frisco. On vient de m'prévenir. Faut aller le chercher.

— Quand ?

— Tout d'suite.

— Bon.

— Vous avez un avion à midi. Voilà les papiers pour le voyage de c't'enflure. Vous repartez avec lui par le vol de demain matin, huit heures. Vous passerez la nuit au poste.

— Comment ?

— On n'a pas les moyens de vous offrir l'hôtel.

— Vous vous fichez de moi ?

— Non.

Il n'y a rien à répondre. Thompson est radin même avec l'argent des autres.

— Bon, je rentre, j'ai des choses à faire.

— Dire au revoir à votre maman ?

Je pince les lèvres dans un sourire.

— Vous, bien sûr, vous n'avez pas eu le temps quand la vôtre vous a abandonné à la naissance...

Le temps qu'il trouve la réplique et je suis déjà dehors. Je n'en reviens pas que cette ordure ait été pincée. C'est Chang qui aurait été content.

Je siffle un taxi et je reviens chez moi pour effectivement téléphoner à ma mère.

— Man, bonjour, c'est moi. Je pars pour vingt-quatre heures dans l'Ouest. Ça va ?

— Tu vas faire quoi dans l'Ouest ?

— Chercher un prisonnier.

— Tu sais que Spartacus n'est pas bien ?

— Qu'est-ce qu'il a ?

— Il a vomi deux fois depuis ce matin.

— Il mange trop.

— Il mange comme moi. Et il est jeune, il doit construire ses fondations.

— Pas avec un kilo de viande par jour et une livre de pâtes.

— Qu'est-ce que tu racontes un kilo de viande par jour ? Il ne mange que du poulet.

Spartacus est le nouvel amour de ma mère. Un mâtin de Naples qui adulte pèsera ses quatre-vingts kilos. Ma mère l'a adopté parce que dans son quartier il y a eu quelques cambriolages et qu'une voisine s'est fait voler son sac. Je lui ai conseillé de faire renforcer ses serrures et d'acheter une bombe lacrymogène, mais elle a préféré son molosse.

— Mets-le à la diète...

Je l'ai « entendue » hausser les épaules et j'ai raccroché en souhaitant meilleure santé à Spartacus.

Puis j'ai appelé ma dernière conquête. Conquête n'est pas le terme exact. Je sors avec Julia depuis trois semaines et on en est toujours à fréquenter les bons restaurants de Boston et les salles de concert. Mais je ne désespère pas.

Je tombe sur son répondeur et lui laisse un message. Peut-être qu'à mon retour elle consentira à ce que je lui prenne la main pour aller visiter une exposition.

Je mets un rechange dans un sac et sors après avoir arrosé mes plantes.

Un autre taxi m'emmène à Logan, et cinq heures et quelques plus tard j'arrive à San Francisco, où la première chose que je fais en débarquant à l'aéroport c'est de téléphoner à Sandra Khan.

Entre elle et moi il y a plus qu'un passé. Mais son présent a failli s'arrêter prématurément lorsque sa dernière enquête l'a menée chez les super-ploucs du Nevada débusquer un serial killer. Pour ça, elle a eu le Pulitzer et quinze jours d'hôpital à recoller ce que le cinglé de Boulder City avait mis en petit bois.

On s'était revus lors de son passage à New York avec Nina quand elle était venue chercher son trophée. Elle marchait avec une canne à l'époque et son amie jouait les Florence Nightingale. Elle avait fait la couverture du *Times* et m'avait confié que sa photo à la une l'avait mieux aidée à se retaper que les toubibs du Memorial.

— Sandra ? C'est Sam Goodman.

— *My God,* quelle bonne surprise !

— Je suis dans votre bonne vieille ville pour une douzaine d'heures, et je me disais que ce serait sympa si on dînait ensemble avec Nina.

— Quelle riche idée. Vous êtes où ?

— À l'aéroport. On pourrait se donner rendez-vous quelque part vers huit heures.

— D'accord. Où voulez-vous ?

— Je dois aller au QG de la police à Market. Je ne connais pas.

— Aucun intérêt. Vous avez un hôtel ?

— Non, j'en prendrai un dans le coin.

— Sûrement pas, vous venez chez nous.

— Ce serait avec plaisir mais j'ai des billets pour le vol de huit heures, demain.

— On les changera. Vous allez dormir au bord de la mer. Venez dès ce soir, Nina nous préparera un bon dîner.

— Je ne sais pas si ça va être possible.

— Oh, vous êtes un vieux garçon. Ne discutez pas sans arrêt, sinon je téléphone à votre mère.

— OK, OK, abdiqué-je. C'est où chez vous ?

— 517, Jones Street, sur la route de Pasadena, direction Brisbane, côté aéroport.

— D'accord, à ce soir.

Je raccroche, content de les revoir, et hèle un taxi. La nuit commence à tomber et la ville m'en met plein les yeux. Je profite de la balade d'autant mieux que le chauffeur est un silencieux qui ne se croit pas obligé de me faire partager ses opinions sur la politique et les femmes.

Il m'arrête devant le bâtiment et je lui règle ma course somptuaire. Je ne lui réclame pas la note, connaissant l'opinion de Thompson sur la facilité de circulation en tram.

J'entre, et demande le capitaine Fargo.

— Premier, porte vitrée à droite, c'est marqué dessus, m'indique un planton qui ne lève pas les yeux de son journal hippique.

Je traverse le hall où trône la plaque de bronze en l'honneur des policiers de San Francisco morts en service commandé, prends l'escalier, débouche dans le couloir, trouve la porte et frappe.

— Entrez.
— Bonjour, je suis le lieutenant Sam Goodman de la police criminelle de Boston.
— Bonjour, répond Fargo qui se soulève de son fauteuil et vient vers moi. Pas de pot, dit-il en me serrant la main et en secouant la tête.
— Pourquoi, capitaine ?
Il fait une grimace et soupire.
— Vos supérieurs n'ont pas eu le temps de vous prévenir, parce que moi aussi je l'ai appris trop tard. Il y a eu une merde pas possible dans cette histoire.
— De quoi parlez-vous ?
Il secoue encore la tête qu'il a grosse comme une bouée et couronnée d'une frise de cheveux gris.
— Genosi… il s'est tiré ce matin.
— Quoi ?
— En abattant son gardien. On l'amenait ici pour que vous en preniez livraison. Une connerie de ces connards de la prison. Un seul mec pour véhiculer un cinglé pareil. Mais vous êtes venu seul, vous aussi ?
— Moi, je le connais, grincé-je.
Il hoche encore la tête.
— Ouais… enfin, voilà où on en est…
— Il a des contacts ici, c'est sûr. Mais vous pouvez encore le coincer avant qu'il ne quitte les États-Unis.
— Y peut pas quitter. Il a pas de papiers et pas de pèze.
— Pour l'argent il en trouvera. C'est pas difficile pour un gars comme lui. Il tuera une vieille dame et lui volera ses économies. Comment l'avez-vous coincé ?
Cette fois, il hausse les épaules.
— Par hasard. Un contrôle de routine. Il roulait dans une voiture volée. En la fouillant le flic a dégoté un .44 et l'a embarqué. On a regardé sur le fichier et on a vu que l'État du Massachusetts le recherchait pour meurtre. On a prévenu votre capitaine, et voilà.
Il gratte son astrakan et… secoue la tête.
— Et que comptez-vous faire ?
— Le chercher, pardi !

— Et moi ?

— Ben, vous viendrez le récupérer quand on l'aura retrouvé.

— Négatif. Je ne repars pas sans lui.

— Faut voir avec votre capitaine.

— C'est tout vu.

— Eh, eh, qu'est-ce qu'il vous a fait ce mec ?

— Il a descendu mon coéquipier après avoir massacré une famille. Il est aussi trafiquant de drogue et tueur par vocation.

— C'est tout ? Quel palmarès. Quand je pense à ces connards de la prison.

— Ne pensez plus à eux, pensez à Genosi. Ce type, c'est de la nitroglycérine. Si vous ne le retrouvez pas très vite, il va faire du dégât.

— J'ai plusieurs brigades sur l'affaire et tous les flics ont sa photo. C'est une question d'heures.

— N'en soyez pas si sûr, capitaine.

Là-dessus, il hausse les épaules. Il est limité dans sa gestuelle.

— Voilà où je loge ce soir, indiqué-je en inscrivant l'adresse de mes amies. J'imagine que vous ne voulez pas que je vous aide ?

Sa bouille en caoutchouc rose, fendue de grands yeux vert porcelaine frangés de longs cils, s'étire dans un sourire.

— Vous avez tout compris, lieutenant.

— Je le connais mieux que vous le connaissez...

Il accentue son sourire.

— Sûrement, mon gars, mais ici je suis chez moi. Et c'est un mec d'ici qui s'est fait descendre. C'est mon boulot. Vu ?

— Vu, soupiré-je. Prévenez-moi si vous avez du nouveau.

— Je n'y manquerai pas, lieutenant.

La maison de Sandra et Nina est une jolie baraque en bois et pierre avec une véranda qui fait le tour et le Pacifique qui lui lèche les pieds.

Sandra a entendu la voiture, elle sort et vient à ma rencontre.

— Sam, quelle bonne surprise !

On reste dix secondes à tenter de se rappeler si on s'embrasse ou non, et elle me colle un baiser sur la joue.

— Allez, entrez, Nina est aux fourneaux.

Je la suis tandis que Nina apparaît.

— Sam, quelle bonne surprise !

Et elle me serre la main.

— Installez-vous, invite Sandra en me débarrassant de mon sac. Vous buvez du Jack Daniel's, je crois ?

— Quelle mémoire !

— J'ai quelques trucs mnémotechniques...

On s'installe, et je les regarde. Sandra paraît s'être remise si on excepte... une lassitude ?... Quelque chose de cassé dans le regard ? Mais Nina est parfaite. C'est la sensualité et l'équilibre faits femme.

— Comment allez-vous ? demandé-je à Sandra.

— Ça va.

— Faux, intervient Nina en nous versant trois verres de Black Jack à noyer une baleine, elle se traîne. Dites-lui, Sam, qu'elle doit se bouger.

— Le journal ?

— Son journal va très bien, coupe l'impétueuse. Woody la dorlote comme une nominée au Nobel, ses collègues sont verts de jalousie, les canards des deux côtes lui offrent des ponts d'or, mais madame joue les Bovary.

— Ce qui veut dire ?

— Ce qui veut dire qu'elle n'a pas torché une enquête sérieuse depuis des mois et qu'elle se traîne comme la fameuse Emma dans sa sinistre Normandie.

— Arrête, proteste Sandra en lampant son verre. N'enquiquine pas nos amis avec ces histoires. Ce que Nina ne comprend pas, continue-t-elle en se tournant vers moi, c'est que j'ai besoin de respirer. Woody n'a pas été foutu de me proposer quelque chose de sérieux depuis mon retour.

— Et les autres ? riposte Nina. Tu étais ce matin encore avec le *Herald Tribune* !

— *Shit !* Une enquête dans les clubs sadomasos de Frisco. Allez, on arrête. Sam, qu'est-ce qui vous amène ici ?

Je fais la grimace.

— J'étais venu récupérer une pointure de la mafia française en amitié avec la nôtre, qui a descendu quatre personnes, dont mon coéquipier, a réussi à s'échapper de Boston, s'est fait ramasser dans le coin, et s'est enfui ce matin pendant son transfert en abattant son gardien. Genosi, c'est son nom, est le roi des tocards. Dealer, tueur sadique, et j'en oublie.

Elles sifflent à l'unisson.

— Comme vous dites. Ce salaud je veux l'avoir... et je l'aurai. À part que le flic chargé de l'enquête ne semble pas bien comprendre à qui il a affaire.

— Qui c'est ?

— Le capitaine Fargo. Ça vous dit quelque chose, Sandra ?

— Ouais... Un an de la retraite, a monté les échelons en s'accrochant avec les dents... copain avec le maire... quoi encore ? pêcheur au gros.

— Ça pourrait être intéressant pour vous de couvrir cette chasse, non, Sandra ?

Elle hausse les épaules, ce qui fait repartir Nina.

— Vous avez compris ? On lui proposerait l'interview de la maîtresse de Clinton qu'elle serait aussi enthousiaste.

Il y a un problème. La dernière fois que je les ai vues, tout paraissait baigner. Sandra distribuait des autographes et Nina rayonnait.

— Ce ne sont pas les cinq cents dollars du Pulitzer qui vous ont tourné la tête ? dis-je en riant.

Elle opine et finit son verre.

— Je reçois, par l'intermédiaire du *Frisco News,* des menaces de mort des milices fascistes. Ils en ont après ma peau. Je dois me faire oublier.

— Vous en avez parlé à la police ?

— Ils m'ont dit d'attendre qu'ils se manifestent.

— Je vous ai connue... plus coriace, Sandra.

— Ça, c'était avant Bechner et les Bouldériens. J'ai compris que je n'étais pas immortelle, et que si un Indien n'était pas passé là par hasard, je serais à l'heure actuelle un petit tas d'os blanchis dans le désert.

— Vous n'avez pas choisi le métier de postière.

— Non, mais il n'est peut-être pas trop tard.

Là-dessus, Nina, qui apparemment ne se contient plus, file dans la cuisine où je l'entends remuer des casseroles avec frénésie.

— Nina ne semble pas de votre avis.

— Elle me fait le coup de la chute de cheval. D'après elle, il faut tout de suite se remettre en selle.

— Elle a raison.

Elle hausse les épaules et se verse un autre verre.

Après, on passe une soirée délicieuse en évitant les sujets brûlants. Le poulet grillé à la mexicaine, les pommes rôties et la glace au chocolat sont exquis. La nuit est lumineuse et douce, et j'oublie Genosi qui est peut-être déjà à l'autre bout du monde.

À huit heures je suis chez Fargo. Pas lui. Il se pointe une heure plus tard.

— Alors ?

Il secoue la tête, mais je suis déjà habitué.

— Que dalle.

— Que dalle. Et c'est tout ?

— J'ai appelé votre chef, il veut que vous rentriez.

— Et Genosi ?

— S'il se repointe, c'est moi-même qui vous l'amènerai. Après qu'il aura été jugé pour le meurtre du gardien.

— Parfait. Merci pour tout, capitaine.

Je reprends l'avion de onze heures et arrive chez moi en milieu d'après-midi.

SAN FRANCISCO, UNION SQUARE

Je viens de quitter Woody. Il m'a menacée de me virer si je ne bougeais pas. Je l'ai envoyé paître. Il m'a poursuivie dans les couloirs et je lui ai dit bien fort ce que je pensais de ses méthodes esclavagistes.

Je sors sur Union Square et me retourne pour regarder l'immeuble du *San Francisco News*. Ce canard qui était toute ma vie m'est devenu étranger. Autant d'ailleurs que les dingues qui m'entourent et dont la frénésie me fait suffoquer.

Un pâle soleil s'épuise à réchauffer le vent frisquet qui vient du Pacifique, et je me dirige vers un banc à l'écart pour ne plus voir les colonies de marabuntas qui entrent et sortent de chez Macy's.

Pour me détendre, je pense à Sam et au plaisir que j'ai eu à le revoir. Tous les deux on est pétris dans la même pâte, c'est probablement pour ça qu'il ne m'avait pas arrêtée à Boston[1].

Il n'était pas bien non plus avec ce salopard qui a descendu son coéquipier. C'est un sentimental, ce garçon. À Paris, lors de cette enquête merdique où sa mère a failli y rester, il s'était drôlement attaché à ce collègue malade du sida. Comment s'appelait-il déjà ? Martel ? Martial[2] ? Et cette fois, c'est ce Changway.

---

1. *Cf.*, du même auteur, *Un été pourri* (éd. Viviane Hamy, coll. « Chemins Nocturnes », 1994 ; éd. J'ai lu n° 5483).
2. *Cf.*, du même auteur, *La Mort quelque part* (éd. Viviane Hamy, coll. « Chemins Nocturnes », 1995 ; éd. J'ai lu n° 5691).

Pauvre vieux. Il ne manque pourtant pas d'amour avec sa mère qui l'a élevé telle la Reine des Abeilles. Ce qu'il lui faudrait, c'est une femme. Tiens, je parle comme elle.

Je l'aime bien. Il a tout pour lui. Beau, jeune, intelligent, riche et en bonne santé. Comme la blague.

La circulation est infernale et, excédée, je quitte mon banc. Je descends Fremont et traverse Potrero en jouant les toréadors. Dans une rue transversale j'aperçois l'enseigne du Bistrot de Paris. Six heures trente. C'est ouvert.

C'est une boîte de filles qu'on a un peu fréquentée à notre arrivée, Nina et moi, histoire de prendre l'ambiance de la ville la plus branchée homo du territoire national. Je n'y suis jamais retournée.

Je pousse la porte, et aussitôt trois millions de décibels m'assaillent. Zébrée de lumière psychédélique et hachée par la techno, je me dirige en titubant vers le bar.

Sur la piste, grande comme un ongle, se secouent une demi-douzaine de filles, tandis qu'à des tables s'échangent des hurlements muets. La barmaid, qui ressemble à Rock Hudson dans sa période virile, vient vers moi.

— Un double Jack, hurlé-je en souriant, sans glace.

Elle me lance un regard inquiet.

— Sans glace, confirmé-je.

Elle regarde autour d'elle pour chercher une explication ou du secours, et se décide à contrecœur à me servir.

Je sirote, en observant les danseuses qui, à s'agiter sur ce rythme, ne vont pas tarder à se retrouver en kit. Je me demande comment elles trouvent le moyen de se draguer. Mais elles ne sont peut-être pas là pour ça.

Je me souviens quand j'étais jeune… attends, qu'est-ce que tu es en train de te raconter ? Quand j'étais jeune ? Pourquoi, maintenant, je suis quoi ? J'avale une rasade de bourbon en regardant les filles d'un air féroce.

Elles ont l'âge des couettes et des socquettes blanches, mais elles donnent plutôt dans le crâne rasé et le jean déchiré. Leurs petits seins pointus tressautent dans des marcels échancrés, et en guise d'escarpins vernis, c'est la Doc de chantier. Voilà où je sens mes heures de vol. Peu réussiraient l'examen de passage, d'autant que le parfum dominant est passé du patchouli au cannabis.

Je suis cramponnée à mon tabouret comme une nageuse qui a peur de l'eau froide, et j'ai l'impression de surveiller une cour de récréation.

Je finis mon verre et sens une main se poser sur mon épaule. Je me retourne.

Une femme, jeune, mais pas trop, maquillée, coiffée, séduisante, habillée d'une robe en un seul morceau, me regarde en souriant.

— M'inviteriez-vous à danser ?

Je me suis jetée à l'eau.

BOSTON, QUARTIER DE BEACON HILL

— Qu'est-ce que tu as, Samêlè, tu n'aimes pas ?
— Si, mais au bout de quatre boulettes, je cale.
— Je suis sûre que tu ne manges jamais bien. Tu ne sais même pas te faire cuire un œuf !
Je soupire, et enfourne d'un coup cent grammes de viande et une louche de riz.

Ce matin, j'étais dans le bureau de Thompson, avec Bergman, le substitut du procureur.
Bergman, c'est Charlot moins la badine et la moustache.
— Y n'ont toujours pas retrouvé Genosi, a craché Thompson.
Bergman a sautillé jusqu'à moi.
— Il nous le faut, lieutenant !
J'ai fermé les yeux et répondu d'une voix suave :
— Dites-moi où il est, monsieur le substitut, et je vous le ramène dans un paquet-cadeau.
Thompson m'a foudroyé du regard.
— Alors, qu'est-ce que vous faites assis, vot'cul sur vot'chaise ?
— J'attends des renseignements, ai-je répondu de mon ton le plus urbain.
— Vous pouvez pas aller les chercher ?
— Vous m'avez fait revenir de San Francisco.
Une chose caractérise Thompson, dit « suceur de *rope*[1] », c'est sa mauvaise foi.

---

1. Cigare de très mauvaise qualité.

— Vous avez cru qu'on allait vous payer des vacances chez les tantes ?

Bergman a sursauté et s'est plongé dans la contemplation d'une affiche, où un flic, réjoui comme une puce sur un chien, vante les avantages de son métier.

— Capitaine, ai-je dit en me penchant vers lui, ne me cherchez pas d'histoires. Le coup de Genosi, je n'y suis pour rien, et j'ai perdu mon coéquipier dans l'affaire. Alors, lâchez-moi !

Il a avalé d'un coup la moitié de l'oxygène de la ville.

— Vous êtes un enfoiré de branleur, a-t-il éructé. Genosi s'est tiré alors que vous deviez le coincer. Où vous étiez, quand il se barrait ?

— Je m'occupais de Changway.

— Changway ? Il était troué comme une bouée et vous êtes resté dessus à chialer comme une gonzesse alors que l'autre fumier prenait le large.

Je ne sais pas ce qui m'a mis en rage. Me faire traiter d'enfoiré de branleur ou l'image de la bouée. Toujours est-il que j'ai balayé d'un revers de bras le bureau de Thompson, précipité à terre l'éphéméride, la photo de ses parents, et ce qu'on trouve sur un bureau en désordre.

Il y a eu un grand silence que Thompson a enrichi en rejetant comme une chambre à air crevée l'air bloqué dans ses poumons, pendant que le substitut s'absorbait dans le décompte des boutons d'uniforme du flic radieux de l'affiche.

Le capitaine a ramassé et installé d'abord la photo de ses parents revenant de la pêche au thon, puis a replacé le reste avec minutie.

— J'veux pas vous revoir avant l'an 2000, a-t-il murmuré. Vous êtes déchargé de cette affaire.

— Parfait, ça tombe bien, j'ai des congés à prendre.

— Vous savez, a soufflé Bergman en hasardant un coup d'œil vers nous, que ce Genosi est peut-être responsable du massacre de la famille Bartaldi...

— Parce que ? a aboyé Thompson en relevant brutalement la tête.

— On a retrouvé sur les lieux une douille de .44 écrasée dans un mur. C'est sûrement la raison pour laquelle le tueur l'a oubliée. Il avait ramassé toutes les autres. La balistique pense qu'elle peut provenir de la même arme qui a abattu le fils de la famille Grover et le sergent Changway.

— Tu sais que Spartacus m'inquiète, il vomit très souvent.

— Il mange trop, moi aussi, d'ailleurs, dis-je en repoussant mon assiette.

— Toi, tu es maigre comme un clou. J'ai honte quand mes amies te voient.

Spartacus saisit l'occasion pour déposer sur mon pantalon un filet de bave épais comme mon pouce.

— Bon Dieu, quel dégoûtant !

— Viens ici, mon bébé, dit ma mère d'un ton pincé, tu ne vois pas que tu déranges ?

Et elle en profite pour lui refiler sa boulette.

— Dérange ? Tu as vu l'allure de mon costume ? Entre ses poils et sa bave, j'ai l'impression d'avoir dormi dans une poubelle. Et qu'est-ce que tu as fait avec ta boulette ?

— Ma boulette ?

— Il a mangé avant nous, ce qui n'est pas normal si tu veux qu'il te considère comme le chef de meute, et tu n'as cessé de lui donner à manger pendant le repas. Tu t'étonnes qu'il dégueule ?

— Je te prie de ne pas parler de cette manière. Et c'est quoi, un chef de meute ? je veux être un chef de meute, moi ? tiens, change d'assiette, je t'ai fait un strudel.

— Je n'en veux pas, merci.

— Comment, tu ne veux pas de MON strudel ?

— Je ne veux d'AUCUN strudel. Au fait, pourquoi l'as-tu appelé Spartacus ?

— Tu ne sais pas qui était Spartacus ? un esclave très beau et très courageux.

— Mais dans le cas présent, c'est toi l'esclave. Et c'est vrai que Kirk Douglas avait de beaux pectoraux.

— Quel Kirk Douglas ? rétorque-t-elle, vexée, en posant dans mon assiette les trois quarts d'un gâteau de quatre livres.

— Je n'en veux pas.

— Alors, prends-le pour chez toi, tu seras très content de le trouver quand tu reviendras de tes gargotes. Au fait, j'imagine que tu seras tout de même là pour les fêtes, enchaîne-t-elle d'un ton fielleux.

— Quelles fêtes ?

— Rosh ha-Shanah et Yom Kippour.

— Attends, on n'y est pas encore.

— Tss, tss, j'aime mieux prendre mes précautions avec toi.

— Quelles précautions ?

— Tu connais Myrna Saphir ? Celle qui possède une très belle boutique de meubles et décoration sur Hildar Street…

— Non.

— Une femme très bien… Elle est veuve, comme moi.

— Ah…

— Elle a décidé de recevoir ses amis, avec leurs enfants, pour les fêtes.

— Charmant, ne compte pas sur moi.

— Ça, j'étais certaine, quand il s'agit de me vexer ou de me faire de la peine, tu es toujours là, réplique ma mère d'un ton aigre en tremblotant du menton.

— Attends, attends, dis-je doucement, pourquoi veux-tu que j'aille chez cette femme que je ne connais pas ?

— Parce que ça me ferait plaisir, voilà pourquoi.

Nous autres humains, nous possédons, comme chacun sait, cinq sens, sauf les fils de mère juive qui en ont un sixième qui entre en activité aux alentours de la trentaine, s'ils sont encore célibataires.

— Elle a des enfants cette Mme Saphir ? demandé-je négligemment en jouant avec les amandes du strudel.

— Une fille. La prunelle de ses yeux. Belle, intelligente, cultivée, douce, un joyau.

— Et… son époux, que fait-il ?

— Son époux ? Arrh... hélas, elle n'est pas encore mariée. Ce qui prouve à quel point les hommes sont idiots.

— Ça doit contrarier sa mère...

— Contrarier ? la pauvre, c'est le drame de sa vie. Elle pourrait l'installer comme une reine. Ah ! je peux dire pour bien les connaître que le garçon qui l'épouserait serait rudement heureux. C'est bien simple, elle a tout. Et gentille avec sa mère avec ça. Elles ne se quittent pas. Elles partent en vacances ensemble, elles vont au théâtre, visitent les expositions. Deux amies avant d'être mère et fille.

— Hin, hin... elle a quel âge ?

— Heu... trente-deux, je crois, mais elle ne les fait pas.

Je souris en regardant Spartacus qui contemple ma mère avec adoration. Quand il aura l'âge de convoler, l'emmènera-t-elle dans une exposition canine ?

SAN FRANCISCO

— Nathan ? c'est Sandra.

— Oh, Sand, comment vas-tu, ma poule ?

— Nat... heu... je suis un peu fatiguée, pas en forme, tu vois ce que je veux dire ?

— C'est bien que t'aies appelé, s'exclame-t-il joyeusement.

— Oui... tu n'aurais pas quelque chose de miraculeux à me conseiller ?

— Comme quoi ?

— Oh, je ne sais pas, un truc qui me ferait supporter tous les connards que je rencontre.

— Viens me voir. Tu as besoin de parler.

— Non, j'ai pas besoin de parler...

— Si.

— OK. Mais là, je suis tenue par le temps. T'as pas une pilule miracle ? Enfin, il y a des satellites qui photographient un timbre-poste des étoiles, et t'as pas une foutue pilule qui me ferait voir la vie en rose ?

Il se tait un moment.

— Prozac, lâche-t-il comme sous l'effet de la torture.

— Prozac ? C'est quoi ?

— La vie en rose. Une par jour, pendant deux mois. Et après tu viens me voir. D'accord ? Je t'envoie l'ordonnance.

— T'es un chou. Pas d'effets secondaires, ce machin ?

— Sur quoi ?

— J'sais pas, le cerveau, la mémoire ?

— Non, c'est *clean*. Mais je te vois dans deux mois.

— Ça roule.

SAN FRANCISCO, QUARTIER DE L'AÉROPORT

Il s'éloigna de la fenêtre de la chambre incendiée par l'enseigne de la blanchisserie chinoise qui flanquait l'hôtel sordide où il s'était réfugié, et se laissa tomber sur le lit déglingué qui occupait la moitié de la pièce.

Qu'est-ce qui s'était passé ? Il était arrivé aux States comme un roi. Non, un « plénipotentionnaire », avait déclaré Fred le Belge, en lui tapant affectueusement sur l'épaule.

« T'es notre ambassadeur, c'est toi, Dominique, qui vas signer les contrats avec les Ricains. T'es notre délégué à l'ONU. »

Tous s'étaient marrés, et c'est vrai que c'était une sacrée preuve de confiance qu'ils lui faisaient là, les chefs du Consortium.

Il se revoyait dans cette grande villa hollywoodienne plantée sur les hauteurs de Toulon et qui dominait l'horizon sur cent quatre-vingts degrés. La villa du Belge.

« Tu vas tout mettre au point avec eux. Les relais, les Mickeys, les filières, les combines de blanchissage, tout.

— C'est drôlement coton c'que tu m'demandes là, le Belge. Faut de la tête, pour ça. Moi, j'suis pas gestionnaire, j'suis juste un pointeur, pourquoi moi ?

— Parce que tu parles l'anglais comme un putain d'Yankee ; toi et Mickey Rourke, c'est kif-kif. »

C'est vrai qu'il avait de l'oreille, et qu'à force de fricoter tout môme sur le port avec les uns et les autres, il avait pas eu besoin de l'école Berlitz.

Ils avaient encore rigolé, et il avait compris qu'ils l'avaient à la bonne, lui, le fils du cordonnier d'Evita qui courait pieds nus alors que les autres gosses étaient déjà chaussés de baskets américaines.

« T'occupe, Dominique, t'auras juste à t'assurer que tout le monde signe les bons papiers. Tout est préparé. J't'expliquerai avant que tu partes.

— Qu'est-ce que je fais avec les Colombiens ?

— Que nib, c'est avec les Ritals que tu traites. Eux s'démerd'ront avec qui ils veulent. Faut profiter du beau temps qui règne dans notre région pour verrouiller les boulons, tu piges ? On a les huiles dans la pogne. On est main dans la main avec les mairies. Sur ton île, les nôtres font la pluie et l'beau temps. »

Et ça s'était passé comme ça. Au début, tout au moins.

On était venu le chercher en limousine à l'aéroport quand il avait débarqué à New York, et la fête avait commencé.

Les Ricains étaient au poil. Des grands seigneurs. Des hommes d'affaires de première bourre entourés des meilleurs baveux qu'on pouvait trouver, pareil que dans les films. On travaillait, ça c'est sûr, mais dès qu'on avait fini, c'était champagne, gonzesses et boîtes de nuit.

Il avait été présenté à deux chefs des Familles new-yorkaises. Il s'attendait à rencontrer des mecs qui ressemblaient à De Niro quand il jouait Al Capone. Tu parles ! des gravures de mode qui parlaient comme des putains de PéDéGés, oui. Tous les jours, il appelait le Belge à Toulon pour lui rendre compte. Le Belge était très content et lui avait dit en se marrant qu'il était le Napoléon de la Blanche.

« Vas-y, mon fils, fonce. J'te dis pas comme ça saute chez toi. On s'croirait en Argonne pendant la guerre ! Ça occupe. Pendant ce temps-là, sur le littoral, nos potes s'installent à l'aise. La PACA, qu'ils l'appellent. Oh, merde, j'te dis pas, ils l'ont dans la fouille. Quand tu r'viendras, tu r'connaîtras plus le paysage. »

Et puis un jour, un des responsables d'une des Familles de New York lui avait demandé de leur rendre un petit service.

« Quel genre de service ? »

L'autre avait souri et lui avait tapoté dans le dos comme le font tous ces putains d'Amerloques, qu'on dirait toujours qu'ils t'auscultent les bronches.

« Mes amis et moi avons un petit problème. Nous connaissons votre réputation de... nettoyeur et vous débarquez à peine chez nous. Alors, ça nous plairait que vous apportiez votre concours à la solution de ce... problème. Ça renforcerait les liens, vous ne croyez pas ? »

Le capo-soto était un de ceux qu'il appréciait le moins. Pourtant, c'était presque un compatriote, sa famille venait de Sardaigne, mais il le trouvait faux cul.

« Et c'est quoi, ce service ?

— Johnny va vous expliquer. »

Bon, on lui avait expliqué. Il s'agissait de descendre un raider de la mafia qui avait fricoté en Bourse pour son compte avec l'argent de la Famille. Un pauvre connard de trente piges qui s'était plus senti pisser à voir défiler sur son ordinateur les millions de ses employeurs et qui avait cru qu'une petite ponction d'un million de dollars passerait inaperçue. Tu parles, Charles !

Il ne pouvait l'avoir que quand le gars rentrait chez lui, à Boston, en fin de semaine.

Il avait filé là-bas, et s'était mieux plu dans cette ville à dimensions européennes qu'à New York. Il avait préparé son coup après en avoir parlé au Belge qui lui avait donné le feu vert.

« Vas-y, Domi, montre-leur qu'on n'est pas des manches, c'est un service en compte, ils nous renverront l'ascenseur. »

Il avait suivi le connard pendant une semaine, de la gare où il débarquait, à sa maison blanche avec barbecue et pelouse photocopiée à des milliers d'exemplaires.

N'empêche que dans le garage il y avait une Porsche 911 turbo S et une BMW 500, décapotable. Le mec, avec son trafic, s'était fait des couilles en or.

C'est incroyable ce que les gens trimballent, pensait-il, en planque devant la maison du gars. Cet abruti croyait vraiment que les comptables de l'Organisation n'allaient s'apercevoir de rien ?

Enfin, le samedi matin, l'occasion se présenta. La gonzesse du mec se cassait avec ses deux chiards dans la BMW en faisant de grands adieux à son jules et en enfournant deux valises dans le coffre.

Le quartier était aussi animé qu'un jour de paye chez les chômedus. Tous étaient en courses ou à la plage ou à leur foutu golf.

Il s'était collé sur la tête une casquette bleu marine censée le faire ressembler à un employé municipal. Il avait frappé à la porte et au bout d'un moment le gars était venu ouvrir.

« Oui ?

— Je suis envoyé par la ville pour vérifier les robinets.

— Les robinets ? Mais on n'a pas de problème, ma femme me l'aurait dit.

— Recule, connard », avait-il craché en exhibant son .44 capoté d'un silencieux.

Il avait cru que le mec allait tomber sur place de trouille. Ses yeux s'étaient révulsés et il avait cessé de respirer.

Il l'avait repoussé à l'intérieur, dans un salon qui ressemblait à une foutue tour de contrôle avec ses baies vitrées. Il l'avait balancé dans un canapé et était allé fermer les rideaux. C'était pas très logique en plein jour, mais c'était mieux que de le voir descendre le type.

L'enfoiré était tombé à genoux en chialant et en le suppliant.

« J'rendrai tout, j'rendrai tout, j'ai rien dépensé. Pitié, j'ai une femme et des gosses.

— Fallait y penser avant, mon pote, moi, j'ai mes ordres. »

Et il l'avait traîné dans la chambre.

« Écoutez, vous n'avez qu'à dire que vous ne m'avez pas trouvé. L'argent sera pour vous. Prenez-le, je vous en prie.

— Tu rigoles ? tu crois que mes patrons vont marcher ?

— Je partirai, on partira tous au Mexique, j'ai de l'argent là-bas. On me retrouvera pas. Je vous en supplie, acceptez ! Cinq cent mille dollars, je vous donne cinq cent mille dollars.

— Tiens, j'croyais que tu m'proposais un million...

— Oui, un million. Vous savez ce que ça représente dans une valise un million de billets ?

— Où il est, ce fric ?

— À la banque, dans mon coffre, avait répondu le connard qui reprenait du poil de la bête.

— Et on est samedi, et elle n'ouvre pas avant lundi, c'est ça ?

— C'est ça. Mais lundi à la première heure... »

Le type était à genoux, les mains jointes.

Il gambergeait à toute vitesse. Il ne voyait pas comment faire avaler aux pontes de l'Organisation et la fuite du loquedu, et la disparition d'un tel paquet de pognon sans lui-même aller au tapis.

Il en était là de ses réflexions, quand il avait perçu un mouvement sur sa droite.

Il s'était retourné d'un bloc et s'était trouvé face à la bonne femme du gars, entourée de ses deux chiards, et qui s'apprêtait à hurler à pleins poumons. Paniqué, il avait déchargé son arme sur eux, et fait exploser d'un coup de crosse la tête du type qui s'était relevé et jeté sur lui comme un dingue. Puis il avait rechargé son .44 et l'avait achevé.

Les coups de feu avaient juste fait des petits « ploc ». Il avait toujours été exigeant avec le matériel et son silencieux était de première. Mais du sang, il y en avait partout. Avec une moyenne de cinq litres de raisiné par personne, ça fait du liquide.

Il s'était lavé, s'était rhabillé avec un costard du gars, parfumé itou, avait récupéré les douilles de son automatique, et après avoir ouvert les rideaux du salon était sorti.

La BMW était garée devant la maison, mais cette putain de bagnole était tellement silencieuse qu'il ne l'avait pas entendue arriver.

Il était rentré à New York faire son rapport. Les gars connaissaient déjà l'histoire.

La réception avait été glaciale.

« On vous demande d'éliminer un homme et vous abattez sa femme et ses enfants ? »

Les Ritals ont toujours eu l'esprit de famille, avait-il pensé.

« J'avais pas le choix. La rombière a rappliqué avec ses moutards alors que j'alignais son mari.

— Il fallait choisir un autre moment.

— Mais j'pouvais pas savoir, elle était partie en week-end. »

Le capo n'avait rien répondu, mais au regard qu'il avait lancé à son avocat, un putain de youpin, il avait compris que sa période de grâce était finie.

Il avait appelé le Belge qui était déjà au courant et qui lui avait conseillé de se faire oublier avant de revenir en France.

« Ça ne change rien pour nos accords avec eux, mais ils t'ont plus à la bonne, alors, fais le mort.

— Fais-moi rentrer.

— Non. J'te l'ferai savoir quand ce s'ra le moment. »

Il était retourné à Boston où il s'était fait quelques relations dans le milieu asiate, et c'est en rencontrant un dealer de coke, qui devait le brancher sur un coup en or, que ces putains de flics avaient déboulé et l'avaient obligé à se réfugier dans la maison des nègres.

La famille Bamboula ressemblait à une publicité pour l'intégration des négros aux States.

Le père, col blanc et lunettes sans monture, avait l'allure d'un notaire ou d'un professeur. La mère, tout à fait baisable si on aime le zan, était digne et pomponnée comme une héroïne de leurs foutues séries télé. Et le môme, c'était kif-kif Magic Johnson.

La maison était cernée. Un empaffé de flic s'époumonait dans un porte-voix en lui promettant au moins une villa en Floride et les plus belles nanas de la Côte si seulement il était gentil avec la famille Banania. Bref, la merde.

Les négros mouftaient pas, serrés les uns contre les autres.

« Comment on sort d'ici ?

— Cette porte-ci, et une derrière », avait répondu le père d'une voix calme.

Ça partait mal. Il se ressentait pas de goûter à vie l'hospitalité des States. Restait le coup de l'otage avec l'hélicoptère. Mais même dans les films, ça marchait pas.

Il sortirait à peine qu'un de leurs putains de Rambos l'alignerait, ou que « Delta Force » surgirait d'entre les roues.

Dehors, la tension montait, et le flic dégoisait.

« Y a rien d'autre ? une porte devant, une porte derrière ? »

Alors, la bonne femme avait dit :

« Sous le tapis de l'entrée vous avez une trappe qui mène au sous-sol. Il y a une porte qui s'ouvre sur les jardins. On ne la remarque pas de l'extérieur. »

Il n'en avait pas cru ses oreilles. C'était mieux que Monte-Cristo.

« Non, maman ! avait hurlé le gosse qui devait vraiment se prendre pour Magic Johnson.

— Ta gueule ! »

Il avait ouvert la trappe en tenant ses prisonniers en joue. Dehors, le flic continuait à bonnir ses salades.

« Amène-toi, avait-il dit au môme.

— Non, je vous en supplie, laissez-le ! avait bien entendu gueulé la mère.

— Fais c'que j'dis, et dans cinq minutes, je suis dehors.

— Mais pourquoi le voulez-vous ?

— Pour ouvrir la porte en bas.

— C'est facile, c'est un loquet. »

Et c'est à ce moment que le crétin de gosse s'était jeté sur lui, et comme c'était un maousse, malgré ses quinze piges, il lui aurait fait sa fête. Sans réfléchir, il avait tiré presque à bout portant et le môme s'était envolé au travers de la fenêtre.

Il y avait eu un grand moment de stupeur après le boucan du coup de feu, parce que cette fois, il n'avait pas de silencieux sur son .44.

La mère s'était mise à hurler pendant que la porte s'ouvrait avec fracas et qu'une espèce de ouistiti avait surgi, les deux bras tendus avec un .38 au bout. Il l'avait allumé, mais le flic avait eu le temps de tirer, et ça avait été un vrai coup de pot qu'il ne morfle pas avec ces balles qui partaient dans toutes les directions.

Avant de s'évacuer à toute pompe il avait pu voir les parents du môme écroulés au milieu du salon.

Il avait cavalé comme un fondu et avait pu se tirer par les jardins pendant que devant ça défouraillait, pareil qu'à Fort Alamo. Mais après ce carnaval fallait plus compter sur l'Organisation. Pour eux, il était l'homme à abattre.

Profitant de la confusion, il avait foncé à l'aéroport et avait pris le premier avion en partance.

C'est comme ça qu'il s'était retrouvé à San Francisco.

BOSTON, LOUISBURG SQUARE

— Goodman ? Ah, vous êtes réveillé ?

Je reconnais la suavité du ton et consulte le réveil. Six heures.

— Depuis dix secondes.

— Ouais… c'est Thompson. J'ai reçu un coup de fil du capitaine Fargo de San Francisco, vous voyez qui ?

— Oui.

— Genosi, vous voyez qui ? Bon. Il a été repéré dans un bar, hier soir, au cours d'une fusillade qui s'est passée dans un patelin appelé El Macero et qui était surveillé par les flics parce que c'est un repaire de camés.

— Oui…

— Il a abattu froidement une fille avant de se tirer dans sa bagnole.

— Et les flics, ils étaient où ?

— Ben… dehors, dedans, j'sais pas moi. Toujours est-il qu'il s'est encore fait la malle en laissant des cadavres derrière lui. Les fédés sont sur le coup, mais j'oublie pas que c'est d'abord notre brigade qui l'a coincé.

— Et alors ?

— Alors ? Ben, j'ai pensé que ça vous dirait peut-être d'aller le récupérer.

— Je suis en vacances jusqu'en l'an 2000, vous vous souvenez ?

— Je vous ferai signer par le proc' un mandat d'amener interfédéral qui vous donnera tout pouvoir pour le cravater, répond-il comme s'il ne m'avait pas entendu.

— Ce serait épatant si je ne partais pas ce matin pour les Petites Antilles avec la femme de ma vie.

Grand blanc à l'autre bout. Puis :

— Le mandat sera prêt à dix heures, vous pourrez prendre l'avion de midi pour Frisco. Je vous ferai établir un bordereau de frais. Si vous voulez emmener un coéquipier, je suis d'accord.

— Vous connaissez les Petites Antilles ?

— Merde, Goodman, explose-t-il, vous voulez quoi ? Que je vous lèche le cul ? J'croyais qu'vous vouliez venger Changway ! J'vous donne la priorité et c'est comme ça que vous me remerciez ?

— Je devrais vous dire merci pour courir après un fou furieux qui dégaine à chaque fois que quelqu'un éternue ?

— Vous devriez me dire merci parce que je vous remets sur un coup que vous avez fait foirer, vous et Changway. Le procureur général veut ma peau pour se la partager avec le maire, mais il l'enveloppera dans la vôtre avant. Vous pigez ? C'est non seulement notre honneur qui est en jeu, mais notre survie.

— Parlez de la vôtre. Moi, je n'ai pas besoin du procureur et du maire pour vivre. Mon conseiller financier serait heureux que je m'occupe enfin de mes placements.

— Goodman… (Sa voix se fait basse.) Goodman… Vous vous souvenez quand je vous ai sauvé la mise en vous expédiant à Paris après l'affaire des meurtres avec castration[1] ? Alors, renvoyez-moi l'ascenseur.

Je laisse passer un temps. Imaginer Thompson gigoter au bout de l'hameçon est un grand moment de joie que je ne veux pas gâcher.

— San Francisco ? Hum… Il y a beaucoup d'homos, là-bas… c'est pas un peu dangereux ? Et puis tout coûte tellement cher… et le service n'est pas riche… enfin, il y a les plages… Je pourrais prendre quelqu'un avec moi, dites-vous ? Pourquoi pas une journaliste qui couvrirait l'enquête ? Hein, Thompson ?

1. *Cf.* note 1 p. 29.

— Pourquoi pas ? Si vous réussissez, ce serait pas mal d'avoir un bon canard dans le coup. Vous pensez à qui ?

— Sandra Khan.

Là, le blanc a la taille de l'Antarctique.

— Qui ? Eh, attendez, la fille qui a…

— Oui. Elle travaille à San Francisco. C'est elle qui a coincé le cinglé de Boulder City qui transformait en carpaccio les touristes du coin. Vous vous souvenez, une belle fille qui n'a pas la langue dans sa poche ?

— Ouais, enfin celle qui a…

— C'est ça, elle travaillait à Boston, avant. Elle peut m'être très utile, je ne connais pas bien le coin.

Silence radio à l'autre bout. Puis :

— Faites comme vous voulez, mais pas sur la note de frais. Passez au bureau, vous aurez tous les papiers.

Il a raccroché avant moi, ce qui m'a contrarié. J'ai toujours aimé les belles sorties.

Je me suis retourné de l'autre côté.

CALIFORNIE, I.S.H. 80

Genosi abandonna la voiture dans une ruelle du patelin merdique dans lequel il venait d'arriver et dont il ignorait jusqu'au nom. Mais c'était sans importance. Il gagna la rue principale en fouillant des yeux chaque coin d'ombre.

On pouvait pas dire que c'étaient des fêtards, ici. Les trois quarts des fenêtres avaient leurs volets fermés, et des autres, tout ce qu'on apercevait, c'était la couleur laiteuse de la télé.

Il soupira et caressa dans sa poche de pantalon la crosse du .22.

Encore une fois ça avait été moins une. Et encore une fois il s'était trouvé embringué dans une putain d'affaire où il n'était pour rien. À cause de ces connards de Latinos qui réglaient leurs comptes à la façon d'Al Capone à la Saint-Valentin !

Quel pays de merde ! Sa chance avait été de réagir au quart de tour. Ça avait tenu à un poil qu'il se fasse allumer par les flicards qui déboulaient de partout. Heureusement que la souris en bagnole était arrivée au bon moment. Elle s'était avalé du plomb sans rien comprendre.

Tout ça en moins de temps qu'il n'en faut pour le dire. Merde, il était pas rouillé. Ensuite, pied au plancher, et je te bouffe des kilomètres.

Mais fallait pas rester dans le coin. Il s'adossa dans une encoignure et alluma une cigarette. Il ne pouvait pas continuer à cavaler comme un rat dans tous les sens. Un jour ou l'autre, ils allaient le piéger. Il devait se faire du fric, et vite. Il n'avait plus de papiers et pas la peine de compter sur le Belge pour l'aider. Quand il rappliquerait en France, il se le ferait aux petits oignons, cet empaffé de Belge. Mais en attendant, fallait croûter.

Dans le sac de la gonzesse il avait trouvé un permis de conduire au nom de Rose Miller, vingt-sept ans, mariée, habitant Zamora, et quatre-vingts dollars en petites coupures. Pas de quoi jouer les millionnaires.

Son seul trésor, c'était ce .22 qu'il avait piqué en passant à un gars qui se vidait de son sang dans cette boîte de métèques.

Il se mit en route, longeant la mairie et la bibliothèque municipale, un grand magasin de confection et d'armes, deux pubs fermés et quelques boutiques aux entrées claquemurées. Pas un chat dans la rue, pas un bruit, si on exceptait ceux qui venaient d'une boîte à l'écart de la rue principale. Il s'y dirigea comme un nageur fatigué qui espère le rivage.

Des gros cubes aux chromes astiqués étaient alignés devant l'établissement comme pour une revue de détail. Un groupe de motards se tenait près des portes battantes qui laissaient échapper, à chaque fois qu'elles s'ouvraient, cette musique folk qu'il détestait.

Les motards le regardèrent venir avec méfiance, et il se demanda à quoi pourrait lui servir ce ramassis d'obèses crasseux.

— Salut.

Les types remuèrent légèrement la tête et se détournèrent.

Sales cons, pensa-t-il, j'pourrais vous allumer comme à la foire, bande de pédés !

Plus loin, sur le parking, tous feux éteints, il aperçut un mobile home avec deux types assis à l'intérieur. Il se dirigea vers eux. Il devait mettre le plus de distance possible entre El Macero et lui. Peut-être que ces deux ploucs pourraient l'emmener.

— B'soir.

Le conducteur l'examina par-dessus sa vitre baissée. Son véhicule ressemblait davantage à une poubelle ambulante qu'à une maison sur roues.

— Ouais...

Il était blond et portait une moustache peu fournie sur une bouche mince et tombante, mais le plus marrant, c'était que le passager était sa copie conforme.

Deux putains d'jumeaux, pensa-t-il. Il n'en avait jamais vu que mômes, et ces clones le mirent mal à l'aise.

— Vous êtes du coin ?

— Pas toi, en tout cas, répondit le chauffeur.

Il paraissait costaud comme un fermier, mais Genosi, qui s'y connaissait, lui trouva une sale gueule.

— Non, c'est vrai. J'me d'mandais si vous pourriez m'emmener pour le cas où vous iriez quelque part. (Le chauffeur se tourna vers son frère.) Bien sûr, j'paierai ma part.

— Et c'est où quelque part ? interrogea le gars d'une voix traînante.

— J'm'en fous.

Le blond se pencha vers lui.

— T'es en cavale ?

— Avec le feu au cul.

Le passager se marra, et Genosi fut surpris. On aurait dit le rire d'un gosse.

— Et pourquoi on s'emmerderait avec toi ?

— J't'ai pas dit qu'tu t'emmerderais. Si on allait boire un coup pour en discuter ?

Le gars hésita et se décida. Il ouvrit sa portière et descendit. Son frère l'imita et les rejoignit.

Ils étaient balèzes, et ce qui lui plut, c'est qu'ils avaient des gueules d'allumés.

Ils se dirigèrent vers le rade et poussèrent les portes.

Au comptoir, qui faisait la longueur de la salle, s'étaient agglutinés une armée de tocards qui braillaient et chahutaient en vidant des bières que deux barmen débordés n'avaient pas le temps de servir.

Un grand billard réunissait au centre une demi-douzaine de poivrots qui s'échinaient à faire entrer les boules dans les poches à grands coups de queue appliqués.

Le long des murs couraient des banquettes déglinguées où des mecs aux trois quarts beurrés se vautraient avec des filles qui l'étaient autant. Sur une petite estrade, trois musicos avec guitare électrique et batterie balançaient dans d'énormes baffles des décibels déchirants.

Genosi entraîna ses compagnons vers un coin de la salle, près des toilettes, qui lui sembla un peu plus calme. Ils s'adossèrent au mur.

— J'vais chercher les bières, dit-il.

Il ignorait à quoi ces deux pedzouilles pourraient lui servir. Ce qu'il savait, c'est que c'était le genre de mecs à ne pas cracher sur le moindre bifton, quelle que soit son odeur, et qu'ils semblaient connaître le coin.

Il revint avec trois canettes. Le deuxième frère avait l'air particulièrement naze. Ça venait de son regard vide qu'il ne posait nulle part. À part ça, ils se ressemblaient comme deux pois.

— J'm'appelle Genosi, dit-il en tendant la main.

— Gil, et lui, c'est Jeffrey, répondit le chauffeur sans la lui prendre.

— On est où, ici ?

— Yolo, répondit celui qui s'appelait Gil. Tu sais pas où t'es ?

— J'ai pas eu le temps d'interroger les cognes qui me collaient aux fesses.

— Pourquoi t'as les flics au cul ?

C'était le seul qui l'ouvrait. L'autre tétait sa canette, les yeux écarquillés sur la salle.

— Et vous deux, vous faites quoi ? biaisa-t-il.

— On s'débrouille. Qu'est-ce tu cherches ?

— Du fric. Par n'importe quel moyen.

Le type vida sa canette et rota bruyamment.

— C'est c'qu'on cherche tous.

— Moi, j'ai ça, dit-il en exhibant son .22.

Le crétin se pencha dessus, les yeux ronds.

— Un flingue, souffla-t-il.

— Et qu'est-ce que tu veux en faire ? demanda son frère en le repoussant du bras.

— Qu'est-ce qu'on fait habituellement avec un flingue ? Chez moi, en France, j'suis une pointure. J'me suis fait avoir par des tocards, dans l'Est, qu'ont pas respecté leur parole. Voilà pourquoi j'suis là. Mais j'ai comme l'impression qu'ensemble on pourrait faire du bon boulot.

— Qu'est-ce qui t'fait dire ça ?

— Une impression...

À ce moment, un motard en gilet de cuir et aux biceps gras et tatoués s'approcha et, souriant à Jeffrey, mima un baiser.

— Y m'branche, ton frangin, dit-il à Gil, j'me l'ferais bien dans les chiottes.

Deux de ses copains rappliquèrent.

— Qu'est-ce t'as, l'Indien, t'as encore ta bite qui te démange ?

— R'gardez-moi c'te belle gueule, répondit celui que les autres appelaient l'Indien, y doit avoir le même genre de cul.

Ils s'esclaffèrent et entourèrent les deux frères.

— L'aut', c'est l'même, s'exclama l'un des motards qui ressemblait à une belette trempée dans de l'huile, comment tu peux choisir ?

— C'est ma queue qui choisit, répliqua l'Indien.

À cet instant, Gil détendit le bras et cueillit le plus proche d'une droite qui l'envoya valdinguer contre les gars affalés au bar ; son frère l'imita en assommant d'un coup de tête en pleine tronche celui qui le serrait.

Leurs beuglements déclenchèrent la bagarre générale. Les motards se ruèrent au secours de leurs copains.

Même costauds, les frères Hunter ne faisaient pas le poids.

Genosi, qui était resté à l'écart, le comprit aussitôt, et tira deux balles dans la glace accrochée derrière le bar. Elle éclata sur le comptoir en larges morceaux coupants.

Le boucan suspendit la mêlée, et les combattants regardèrent Genosi d'un air ahuri.

— Le premier qui moufte, j'lui fais éclater la tête. Eh, amenez-vous, gueula-t-il aux deux frangins en reculant vers les portes sans baisser son flingue.

Une fois dehors, ils cavalèrent comme des dératés vers le mobile home.

— Vite, démarre ! hurla Genosi, tandis que les motards sortaient en trombe et se ruaient sur leurs bécanes. Merde, on va pas pouvoir les semer avec c't'engin !

— T'occupe, maugréa Gil en se jetant dans la première route en sortant du parking et en éteignant ses phares.

Quelques secondes après, l'escouade vociférante des motards déboula sur la route principale et s'enfonça dans la nuit.

— Maintenant, dit Gil en remettant en marche, on va dans l'autre sens.

— Eh, j'en viens d'là-bas, protesta Genosi. C'est vers le Nord que j'veux aller.

— Le Nord, pour nous, c'est mortel, répondit le blond en appuyant sur le champignon. Et c'est au Sud qu'on s'fait du pognon.

Et c'est ainsi que les routes de Genosi et des frères Hunter se croisèrent.

SAN FRANCISCO, PASADENA

Sam débarque en plein pataquès. Je suis rentrée ce matin et j'ai trouvé Nina debout, à m'attendre.

Hier soir, on s'est terriblement engueulées, et je suis partie en claquant la porte. J'avais un cafard que n'aurait pas abattu une barrique de Fly-Tox.

Et, bien sûr, je me suis retrouvée au Bistrot de Paris.

Je me suis accrochée au bar et j'ai commandé une tequila maison. Ce qui a dérangé la barmaid qui faisait sa cour à une nana qui paraissait autant à sa place qu'une nonnette dans une maison de passe mexicaine.

Un groupe bruyant a débarqué peu après. Deux Noires, une Asiatique et deux Portoricaines. Une des Portos et une des Noires étaient sublimes. La Noire s'offrait un port de tête de statue à offrandes avec une peau mordorée et de grands yeux sombres étirés vers les tempes.

Leurs copines, en revanche, devaient être femmes-sandwichs pour la promo du piercing. Elles en avaient partout. Dans le nez, le menton, les lèvres, et sûrement ailleurs. L'Asiatique avait, tatoué sur l'avant-bras, un dragon bleu et vert dont la langue écarlate couvrait l'annulaire et le médius. Très classe.

La barmaid a été obligée de délaisser sa chaisière le temps de leur servir des gins, et moi, je me demandais ce que je faisais là au lieu d'être chez moi.

J'en veux à Nina qui ne comprend pas mon désarroi. J'en veux à mes amis qui me traitent comme une infirme, et je m'en veux.

Ou n'étais-je là que pour revoir Karen avec qui j'ai passé deux jolies heures récemment ? J'ai même oublié son adresse.

On avait dansé cinq minutes avant d'aller s'asseoir et de commander deux cocktails maison à base de testicules de taureau et de TNT. Ensuite, je l'avais accompagnée chez elle, vers Lafayette Park.

On était presque de la même génération, mais pas de la même couvée. Elle était bien plus dégourdie et savait pourquoi elle était là. Elle nous a déshabillées à toute allure tout en rejetant le dessus-de-lit : une fée.

Ensuite ? Ensuite, j'ai compris que je n'étais pas venue pour débattre de l'essence et de l'existence, et nous avons fait l'amour ; et c'était comme si je réapprenais à respirer. Et alors que montait vers nous le grondement de la rue, j'ai cru retrouver, l'espace d'un temps, la délicieuse sensation d'oublier le monde.

— Bonsoir, Sandra.

— Heu… bonsoir, Karen.

— Oh, Sam. Où êtes-vous ?

— À l'aéroport. Je peux passer ?

— Maintenant ?

— Je vous dérange ? C'est trop tôt ?

— Heu… non.

— C'est Sam, annoncé-je timidement à Nina.

Elle ne répond pas et décroche de sa penderie une robe qu'elle fourre dans une valise.

— Qu'est-ce que tu fais ? Tu ne peux pas comprendre que j'ai parfois besoin d'être un peu seule ? Et où vas-tu ?

Elle ferme le bagage en évitant soigneusement mon regard.

— Nina…

— Va te faire voir. Tu me prends pour qui ? Madame s'offre des nuits chaudes et moi je me morfonds d'angoisse comme une idiote.

— Quelles nuits chaudes ?

Elle quitte la chambre, sa valise au bout du bras. Elle jette un œil autour d'elle et rafle son manteau sur le dos d'une chaise.

— Mais où vas-tu, bon sang ! On se croirait dans une comédie de Vincente Minnelli ; c'est ta manière de résoudre les problèmes, en te sauvant ?

Elle se retourne, me foudroie du regard, et je crois être sous le feu conjugué des partisans de Pancho Villa.

— Tu m'emmerdes, Sandra Khan. Toi, tu as des problèmes, pas moi. Et ça fait six mois que je m'en occupe, alors, basta.

— Mais Sam va être là dans cinq minutes.

— Tu l'embrasseras pour moi.

— Bon Dieu, Nina...

Mais elle est déjà dehors et s'installe dans sa jeep qu'elle fait démarrer en emportant la moitié du bitume de la route.

Je cavale derrière, et à cet instant arrive le taxi de Sam.

— Salut, dit-il d'un ton enjoué, vous m'attendiez ?

— Heu... oui... salut... entrez.

— Étonnée de me revoir si vite ? Nina est déjà partie ?

— Oui, déjà. Qu'est-ce qui vous amène ?

— Genosi. On a retrouvé sa piste. Je veux le coincer et j'aimerais que vous m'accompagniez. Vous aurez l'exclusivité.

— Pourquoi ?

Il me regarde en exagérant un air ahuri.

— Pourquoi je vous donne l'exclusivité ? Parce que vous êtes la meilleure et que vous êtes une amie.

Je le regarde de côté. Il me la joue comment, là ?

— C'est Nina qui vous a donné l'idée ?

— Nina ? non. Vous connaissez le coin et vous pouvez m'être utile. Je dois être plus rapide que les fédéraux et les flics d'ici. Vous me serez précieuse. On s'associe.

— C'est dangereux ?

— Suffisamment pour vous y intéresser. Alors, c'est oui ?

— Faut que j'en parle à Woody. Il est où, votre type ?

— On l'a repéré au cours d'une fusillade à El Macero. Il a tué une femme et s'est enfui dans sa voiture.

— Il a pu aller n'importe où.

— Il y a eu une autre bagarre avec une bande de motards dans un établissement situé à une soixantaine de miles d'El Macero, Zamora, dans le comté de Yolo. Un des barmen a eu la gorge à moitié tranchée par un morceau de miroir fracassé à coups de revolver. Le briseur de glace, c'était Genosi, le type l'a reconnu. On a aussi retrouvé dans le patelin la voiture avec laquelle il s'est enfui d'El Macero.

— Bon sang, c'est Attila, ce mec.

— Pire. Il s'est tiré dans un mobile home avec deux givrés dans son genre, d'après un des motards qui les poursuivait et qui les a perdus.

— Alors, où sont-ils ?

— On a retrouvé le mobile home en question à San Leandro. Il est revenu dans le coin.

Il y a une histoire yiddish qui raconte qu'un moineau picorait sur une route enneigée de Russie. Trop absorbé, il ne vit pas arriver un cheval attelé, qui, passant au-dessus de lui, lâcha son crottin. Le zoziau piailla, battit des ailes, réussit à se dégager et lança à pleine gorge des pépiements de triomphe. Un renard passait par là, l'entendit et le croqua.

Moralité : quand on est dans la merde, faut pas le crier sur les toits.

On roule, Sam et moi, en direction de Zamora. Convaincre Woody a pris trente secondes, et pourtant je n'y ai mis aucune conviction. Mais il n'avait qu'une envie : me voir filer.

Je n'ai pas dit à Sam que Nina est partie. Il a assez de ses problèmes.

Je me suis mise à deux Prozac par jour.

J'apprends que c'est Fargo qui centralise les données sur Genosi et qu'il n'était pas particulièrement joyeux de voir Sam rappliquer de Boston. Les flics de l'Ouest ont tous un petit complexe envers ceux de l'Est. Ou alors c'est le contraire. De toute manière, de l'Ouest ou de l'Est, ils sont d'accord pour détester ceux du FBI.

— Qu'espérez-vous trouver à Zamora ?

— Une piste encore chaude. Que faisait-il dans cette boîte pourrie ? Et dans celle d'El Macero ? À mon avis, il cherche des contacts avec la pègre.

— Il peut aussi vouloir se cacher.

— Il n'a ni papiers ni argent, et ne peut, dans son cas, en trouver que dans les fosses d'aisances.

— Il a le choix, dans le coin. Drogue, trafic d'armes, prostitution d'enfants, racket, snuff movies, trafic d'organes avec l'Amérique du Sud...

— Je savais bien que vous alliez me remonter le moral.

Vers midi, on s'arrête devant le bar où s'est passée la bagarre. La façade est rafistolée avec des bardeaux et des tôles ondulées. Le soir, ça trompe peut-être, mais en plein jour ça ressemble à un refuge pour les rats.

On entre. Derrière le comptoir, un type à la tête bandée remplit des bouteilles.

— Bonjour, dit Sam en exhibant sa plaque. On peut vous parler ? (L'autre ne bronche pas, et Sam enchaîne.) Je voudrais que vous me racontiez ce qui s'est passé l'autre soir et qui est la cause de votre pansement.

« Parle à mon cul, ma tête est malade », doit penser le barman qui se retourne carrément de l'autre côté.

Mal lui en prend. Vif comme l'éclair – comme on dit dans les BD –, Sam se détend, cueille notre hôte par le col de sa chemise, le soulève, et le couche sur le dos et sur le comptoir. L'homme braille, mais Sam le maintient solidement.

— Tu vas me répondre, lui susurre-t-il à l'oreille, ou tu auras besoin d'un autre bandage...

Je regarde, fort intéressée, cette démonstration de colère virile.

— Ça va, ça va... lâchez-moi, nom de Dieu.

— Je te lâche quand tu parles.

— Alors, j'parle.

Le mec se redresse et nous fait face. Sa bande de gaze qui a glissé sur le côté lui donne un air coquin.

— Qu'est-ce que vous voulez savoir ?

— Je voudrais rencontrer les motards avec qui le type au flingue s'est bagarré, et que tu me parles des deux autres avec lesquels il s'est enfui.

— Les motards ? Vous croyez qu'ils vous ont attendu ?

Z'avaient rien à foutre des flics. Y sont barrés ch'ais pas où.

— Et les deux autres ?

Le type roule des yeux. Je ne vois pas bien quel rôle il compose. L'abruti furieux ou celui qui restera muet malgré les tortures ?

L'abruti furieux, car il lâche :

— J'les connaissais pas. V'naient d'arriver la veille. Deux mauvais.

— Quel genre de mauvais ?

— L'un des deux se vantait d'avoir fait du vilain plus haut, et qu'ça f'sait que commencer.

— Quel genre de vilain ?

Retour de l'abruti.

— M'a rien dit.

Sam me regarde en soupirant. J'ai soif, mais c'est tellement crade que je n'ose pas demander un verre, sachant que je suis en retard dans mes vaccinations.

— À quoi ressemblent les deux types avec qui il est parti ? interviens-je.

Le bandagé me regarde, et j'aimerais dire que son visage s'éclaire, mais ce serait faux.

— Ben, ch'ais pas, des mecs blonds, costauds. Des jumeaux.

— Des jumeaux ? entonnons-nous.

— Ben, ouais. Même qu'y en a un qui trimballe drôl'ment ! Y d'mande sans arrêt à son frangin c'qui doit faire. J'peux boir', j'peux manger ? Des dingues, j'vous dis. Bon, c'est tout ?

— Vous pourriez en faire un portrait-robot ? demande Sam.

— Et pis quoi ?

— Si vous voulez être remboursé pour les dégâts, vous avez intérêt à ce qu'on les retrouve, lâché-je avec duplicité.

— Vous avez un papier ? qu'il demande après un temps.

— Tenez, dit Sam en lui tendant son carnet.

Ça dure un moment, et ce qu'il en sort ressemble davantage aux personnages de Jeanne Socquet ou de Francis Bacon qu'à ceux de Gainsborough.

— Ils ont des têtes carrées comme ça ? s'étonne Sam, et des yeux qui tombent autant ?

— C'que j'sais, ch'suis pas photographe.

— Quelle taille, à peu près ?

Il regarde Sam.

— Comme vous. Mais plus baraqués.

— Je suis un faux maigre, lui confie Sam dans un sourire. Voilà un numéro à San Francisco. Capitaine Fargo. Si vous avez d'autres renseignements, téléphonez-lui. Pour votre dédommagement, comme vous a dit ma collègue. Au revoir.

Retrouver le soleil est une bonne surprise.

— Drôles de têtes, hein ? me fait Sam en me tendant les portraits.

— Effectivement. Tom Cruise peut dormir tranquille. D'un autre côté, notre barman ne sort pas des Beaux-Arts.

— Non, plutôt d'une poubelle. J'aimerais bien savoir ce qui s'est passé plus au nord. Rentrons à Frisco voir Fargo. Si ces deux-là ont fait du grabuge, ils ont peut-être laissé une piste.

SAN FRANCISCO, QUARTIER DE TENDERLOIN

Genosi ne décolère pas. Il voudrait cogner sur quelqu'un à s'en faire claquer les jointures. C'est à cause des frères ploucs qui ont dégotté ce clandé merdeux et ses chambres minables, comme eux.

Il a réussi à les persuader d'abandonner leur camion en revenant sur Frisco. Ça a été coton. Le débile en chialait presque.

Il gamberge sur la meilleure façon de se faire du fric pour se tirer de ce pays de merde. Il lui faudrait une vingtaine de milliers de dollars pour s'offrir une virginité, un billet d'avion, et débarquer à Toulon dans une autre peau que celle d'un clochard.

Dans un canard qui traînait il a lu un article sur la Riviera française qui serait passée dans les mains de l'extrême droite. C'est sûrement de ça que se réjouissait le Belge ; ce serait le moment de réapparaître et de toucher sa part du gâteau. Il avait souvent regretté l'époque de la guerre où ses aînés avaient obtenu leur bâton de Maréchal-nous-voilà.

La porte des jumeaux s'ouvre, et on frappe à la sienne.

— Ouais...

— J'peux entrer ?

— Ouais.

— On va aller voir un gars qu'on connaît pour s'enfourailler, annonça Gil en se plantant à côté du lit où Genosi était affalé. Un Arménouche. Tu nous accompagnes ?

— Pourquoi vous voulez vous charger ?
Gil hocha la tête.
— Pour l'avenir.
— Ça m'fera prend'e l'air.

Le quartier est un des pires de Frisco. Sex-shops, bordels et bars se partagent ses trottoirs crados. Les immeubles ont l'air de rescapés du Grand Incendie, et dans les terrains vagues qui champignonnent, des groupes de paumés et de camés végètent entre les carcasses de voitures rouillées.

Ils prirent une ruelle qui longeait leur hôtel et débouchèrent dans Main Street où une fiévreuse activité de cul régnait partout. Des putes plantées sur la chaussée arrêtaient les voitures, pendant que d'autres se servaient des encoignures de portes pour les passes vite faites.

Genosi remarqua que Gil salivait en les reluquant. Jeffrey, au contraire, semblait intimidé et baissait les yeux quand une fille l'interpellait.

Ils se faufilèrent dans un dédale crasseux où des mômes des deux sexes tapinaient sans mollir, pendant que les aînés dealaient n'importe quoi à une armée d'ombres.

Genosi grimaça. C'était pas dans ce coin de loquedus et d'écrémés qu'il allait monter le coup du siècle.

Gil s'arrêta devant la devanture d'un fripier. Tout au moins le Corse présuma-t-il que c'étaient des fripes qui s'entassaient derrière les vitrines opaques.

Ils entrèrent, et Genosi resta comme deux ronds de flan devant la montagne de bric-à-brac qui remplissait la boutique.

Gil se retourna, l'air rigolard.

— Tu peux t'monter ton ménage ici, hein ?

Le Corse ne répondit pas. Ça schlinguait tellement, qu'à côté des chiottes publiques étaient des champs de lavande. Jeffrey, bouche bée, contemplait l'amoncellement de saloperies comme un môme dans une confiserie.

La porte du fond s'ouvrit sur un mec noir de crasse et de poils avec une tignasse de haute laine et une barbe qui lui remontait presque sous les yeux et lui bouffait le visage.

— Hey, dit-il à Gil, la main tendue, ce qui permit à Genosi de voir de près un bras d'orang-outang. Qu'est-ce tu fais là, mec ?

Gil lui serra la patte amicalement.

— Besoin d'tes services, l'Arménien.

— Et lui ? demanda l'homme en désignant Genosi.

— Un Français, un bon pote, pas de lézard.

L'Arménien planta quelques secondes son regard dans celui du Corse.

— Ouais, qu'est-ce que j'peux faire pour toi ? demanda-t-il d'un ton légèrement moins cordial.

— Bonjour, monsieur Takvorian.

— Ah, Jeffrey, j't'avais pas remarqué, mon gars. Comment vas-tu ?

— Très bien, monsieur Takvo, répondit Jeffrey d'un ton joyeux en lui secouant la main, très bien.

— Alors, Gil, t'es revenu dans l'coin ? poursuivit l'Arménien en s'asseyant en équilibre sur un bout de planche libre sur dix centimètres.

— Ouais, y a qu'ici qu'on peut se faire du blé, pas chez les culs-terreux. J'ai besoin d'une bonne arme, quelque chose de confiance.

— Tu joues plus du couteau ?

— Si, dit Gil en lançant un rapide regard de mise en garde vers son frère, mais j'veux le modèle au-dessus.

— Ah, ouais, un lance-missiles ou un bazooka ?

— Si tu nous montrais c'que t'as, intervint Genosi d'une voix coupante, ça irait plus vite.

L'Arménien le regarda.

— V'nez par ici, invita-t-il en les précédant dans son arrière-boutique.

Il se dirigea vers une armoire métallique qu'il ouvrit avec une clé plate. Le fond de l'armoire était une porte.

Futé, estima Genosi, impressionné.

Le trio suivit, et ils se retrouvèrent dans un réduit transformé en arsenal. Sur un guéridon, s'empilaient des revues d'armes.

— Alors, qu'est-ce qui te plairait ? demanda Takvorian.

C'était Genosi qui maintenant ouvrait des yeux de gosse affamé. Il n'avait jamais vu tant d'armes à la fois. Il y en avait partout, mais ici, c'était nickel.

— Alors, qu'est-ce t'en penses, le Frenchie ? rigola Gil.

Genosi croisa le regard de l'Arménien fixé sur lui.

— Choisis c'que t'as besoin, et finissons-en.

— Bon, ami Takvo, qu'est-ce tu peux m'offrir pour deux cents dollars ?

L'autre roula des yeux.

— Deux billets ? tu t'crois à une vente de charité.

— Exagère pas, protesta Gil, légèrement vexé de se faire charrier devant le Français.

L'Arménien secoua la tête d'un air accablé et décrocha un luger.

— Tiens, juste deux cents.

Gil fronça les sourcils et l'attrapa.

— Dis donc, il date du début du siècle...

— 1943, mais il marche encore bien.

Genosi s'empara de l'arme, releva le chien, fit jouer la culasse, examina la ligne de mire, regarda dans le canon.

— Prends ça, et au premier coup de feu, t'as plus de gueule.

— Qu'est-ce que vous racontez ? s'insurgea Takvorian.

Genosi planta son regard dans le sien.

— Pourquoi tu veux lui filer de la merde à ton copain, putain de ta race ? Tu gardes la bonne came pour les tiens ?

— Qu'est-ce tu veux dire par « les miens » ?

— Tout ça, là, c'est pour qui ? Les métèques ?

— C'est moi qu'tu traites de métèque ?

— Exact, un putain de métèque de mes deux toujours à essayer d'enfler les autres.

Takvorian voulut se jeter sur le Corse, mais celui-ci sortit son .22.

— Bouge un cil, et j'te scalpe, connard.

Gil remua les pieds.

— Pas la peine de s'énerver...

— Vise ce .44, coupa le Corse en décrochant le calibre, et cet Armalite Rossiya... Avec ça tu tires des balles qui te font des trous de la taille d'un ballon. Ça, c'est de la came.

— Ouais, il est chouette, convint Gil en regardant avec envie le magnum dans le poing du Français. Pourquoi tu m'as pas proposé ça ?

— Parce qu'il vaut six cents dollars et qu't'en as deux cents à dépenser. Ça te ferait rien de ranger ton flingue, grinça l'Arménien vers le Corse.

— Et si tu reprends mon .22, ça ferait combien ?

— Pareil, j'suis pas acheteur.

— T'as tort, bien manié, ça te refroidit les plus hardis.

— Bon, alors, qu'est-ce qu'on décide ? C'est vrai qu'il est naze, ton luger ?

Le marchand se contenta de hausser les épaules.

— Monsieur Takvo ne ferait pas ça, intervint Jeffrey d'un ton conciliant.

— J'ai envie du .44, dit soudain Genosi. Prends ce Sig 222, avec ces deux-là on arrête un tank.

— Si vous avez l'pognon, j'vous vends c'que vous voulez...

— Le problème, c'est qu'on n'en a pas, sourit le Corse en lui tirant une balle dans l'épaule.

Jeffrey se précipita au moment où Genosi en expédiait une seconde entre les deux yeux de l'Arménien.

Les frères Hunter, ahuris, contemplèrent le cadavre.

— T'as des vrais potes, dis donc, Gil, grinça Genosi dans le silence revenu.

— Mais pourquoi tu l'as tué, bordel ! T'es dingue, il a plein de potes, ce mec.

— Il avait... Bon, prenez c'qui vous plaît.

— Pourquoi tu l'as tué ? répéta Jeffrey d'un ton menaçant.

— Du calme, Einstein. T'as pas vu qu'il voulait enfler ton frangin ? Tu voulais que le pistolet lui pète à la gueule ?

— T'as eu tort, dit Gil, y vont nous cavaler après. L'Arménien, c'était pas n'importe qui dans le milieu...

— Maintenant, c'est plus personne, allez, on s'casse.

Genosi décrocha un holster qu'il enfila pour y placer le .44.

— Bon, on bouge ?

Gil se secoua et attrapa le Sig.

— Où sont les munitions ?

— Là. On prend les mêmes balles, comme ça on pourra les échanger. Y veut une arme, ton frangin ?

Gil réfléchit et regarda son frère qui guettait sa décision.

— File-lui ton .22.

— Banco. Prends-lui des balles. Allez, dehors.

Ils refermèrent soigneusement la fausse porte et verrouillèrent l'armoire.

— Y a une sortie derrière, dit Gil.

Ils se retrouvèrent dans une ruelle sombre, à moitié recouverte d'un toit en tôle rouillée et encombrée de poubelles qui n'avaient pas dû être vidées depuis la bataille de Charleston, et que squattaient des rats gros comme des caniches.

Main Street grouillait toujours de macs, de putes et de caves venus consommer ou simplement reluquer.

— On rentre, et demain on décanille, dit Genosi. J'en ai plus que marre de traîner dans ces coins. Faut qu'on monte un coup.

Gil lui saisit le bras.

— Tu veux jouer les chefs ?

— T'as tout compris, mec.

Les deux hommes se fixèrent. Jeffrey était à côté de son frère et ne quittait pas des yeux le Français qui avait la main droite dans son blouson.

— Ça me gêne pas si t'as une bonne idée pour nous mettre sur un coup.

— J'y réfléchis.

— Alors, c'est banco.

SAN FRANCISCO, RESTAURANT THE SEAPOOL, MARINA DEL REY

De là où je suis assise, j'ai presque la même vue que de chez nous. Le Bay Bridge en plus.

Chez nous, où c'est l'électronique qui m'a répondu quand j'ai appelé il y a une heure. C'était la voix de Nina. Elle disait que l'équipe était absente mais serait bientôt de retour pour rappeler ses amis.

Je me suis sentie toute creuse quand j'ai raccroché. Creuse et vide comme notre maison. Sam a voulu savoir, et je lui ai raconté.

On dîne au premier étage d'un restaurant qui donne sur le port. Le chardonnay blanc est fruité et frais, les homards sont tièdes et savoureux, et pourtant les gens qui rient autour de nous me semblent des mannequins.

On a quitté Fargo après qu'il nous a raconté l'histoire des frères Hunter, les nouveaux complices de Genosi.

Dans le mobile home, on a retrouvé leurs empreintes. À partir de là l'ordinateur a remonté leur piste jusqu'au Montana. Les services de police du comté de Yolo ont expliqué ce qui s'était passé dans une ferme entre Dunnigan et Arbuckle. Une jeune fille muette violée et tuée à coups de pelle, et son frère et un ami massacrés à coups de couteau.

J'ai eu tort de suivre Sam parce que je ne suis pas prête à affronter de nouveau l'horreur. J'ai eu ma dose. Je pense à Joan qui elle aussi a été violée et massacrée, et je pense à moi qui ai tué son assassin. Et je me dis qu'à force de vivre si près de la mort, on meurt un peu à chaque fois.

— Vous n'aimez pas ?

Je lève les yeux sur Sam qui me sourit d'un air inquiet.

— Si, c'est bon, excusez-moi, j'étais ailleurs.

— Nina va revenir.

— Je ne pensais pas à Nina. Je… je pensais à cette jeune fille sourde-muette… et je pensais… et je pensais à Joan.

On se regarde un long moment, et les dîneurs autour peuvent croire que nous sommes un couple d'amoureux.

— On ne s'habitue jamais à la mort.

J'essaie de casser une pince et j'abandonne. Je ne supporte pas les rires des gens.

— Je crois que je vais vous laisser continuer seul, Sam.

Il hoche la tête, se renverse sur son siège et contemple le plafond.

— Je… je vais vous donner les noms de mes informateurs, j'en ai pas mal dans la pègre… Ici vous ne connaissez personne.

Il ne répond pas.

— Je suis très fatiguée.

Il ne répond pas.

— Sam, bon Dieu, essayez de comprendre.

Il se redresse.

— Vous devez vous affronter, Sandra. On ne tue pas ses souvenirs, sous peine de mourir soi-même.

Un violoniste s'approche de notre table et Sam lui demande de jouer un air yiddish. Je m'étonne.

— Pour vous rappeler que la vie est plus forte que la mort.

SAN FRANCISCO, BAR JACKIE O', QUARTIER DE MISSION STREET

Gil lança un coup d'œil de côté à Genosi. Le Français semblait de meilleure humeur.

— Jeffrey va aller chercher votre tas de boue, dit-il.

— Pourquoi, on bouge ?

— Ouais. J'ai eu une commande.

— Une commande ? De qui ?

Plus loin, Jeffrey jouait au flipper.

— T'as entendu parler des cassettes pornos ?

— Ouais...

— J'ai une commande.

— De cassettes pornos ?

— D'acteurs.

Gil tordit la bouche.

— Ça t'épate, hein, tête de bois ? J'arrive de l'aut'côté d'l'océan et tout d'suite, j'trouve une cheville... T'en reviens pas.

— Quelle cheville ?

— Vingt beaux billets pour deux mouflets, typiques américains. Tu piges ?

— Non.

— C'est pas grave. Vous êtes un brin lourdingues, les Amerloques.

— Qu'est-ce tu racontes ?

— On va s'casser avec le mobile, direction Los Angeles, adresse de livraison. On restera planqués jusqu'à ce qu'on nous d'mande de bouger.

Jeffrey revint vers eux et réclama de la monnaie à son frère.

— Assieds-toi, ordonna le Corse.

Jeffrey regarda son frère et obéit.

— Tu sais conduire, grande courge ?

— Pourquoi tu lui parles comme ça ? s'insurgea Gil.

— Parce que je l'aime bien. Alors, s'il sait conduire, file-lui les clés.

— C'est pourquoi qu'tu veux qu'on reprenne le mobile home ?

— Et dans quoi tu veux t'les trimballer, les mouflets ?

— Les mouflets ?

— T'as rien pigé, soupira Genosi.

— Tu veux enlever des mômes ?

— T'as gagné.

— Mais t'es dingue, un kidnapping !

— Pas un kidnapping, puisqu'on d'mande pas d'rançon.

— Quoi ?

— Oh, et merde. Vous suivez ou pas ? Parce que moi j'peux faire le coup tout seul. J'ai rien à perdre. Si j'me tire pas d'ici fissa, j'me ferai descendre par les poulets ou les copains de New York.

Ça allait un peu vite pour la comprenette de Gil.

— Alors, si on d'mande pas d'rançon, pourquoi qu'on les pique ?

Genosi se passa la main sur le menton et dit :

— Snuff movie.

— Snuff movie !

— Gueule plus fort, ceux du fond n'ont pas entendu.

— Faut qu'on réfléchisse, dit Gil au bout d'un moment.

— Non. C'est oui ou vous vous cassez tout de suite. J'prends déjà des risques avec des péteux comme vous. Qu'est-ce tu crains ? Si j'ai bien compris, jusque-là, vous n'avez pas fait dans la dentelle, ton frangin et toi.

Gil serra les mâchoires.

— Qu'est-ce tu sais de nous ?

— Assez pour piger qu'vous avez pas intérêt à vous faire pincer dans un État où on grille les mecs comme des hot dogs. Et t'oublies l'Arménien et ses copains.

— L'Arménien, c'est pas nous.
— Qui le sait ?
— Qu'est-ce qu'il y a, Gil ?
— Tu vas aller chercher notre mobile home. Où il le met ?
— Sur le port. Devant la jetée 17, y a des hangars désaffectés.
— Qu'est-ce tu vas faire ?
— Les sorties d'école.

Effectivement, Genosi n'avait pas chômé.
Après le coup de l'Arménouche, il avait vite pigé qu'il devait mettre les bouts et se tirer des Amériques. Pour ça, même problème que la veille : l'oseille. Il avait pensé à ses potes de Boston.

« Allô, Yo ? comment tu vas, ma poule ? »
Il avait entendu le rire de Yo dans l'ébonite.
« Ça va, le Français, ça va. Où tu es ?
— À Frisco, en cavale. J'ai besoin d'un coup d'main. »
Yo avait encore rigolé. Ça ne voulait rien dire. Le petit Chinetoque riait en arrachant les oreilles d'un mec avec une paire de tenailles. Il l'avait vu.
« Un coup de main ou un coup de pied ? »
Yo avait un humour très particulier quand il s'essayait à parler français.
« Un coup d'main, Yo. T'as pas un pote ici qui me mettrait sur un coup ? J'suis pas difficile. »
Yo avait encore rigolé, lui avait demandé d'attendre, et était revenu au bout de quelques minutes.
« L'Ange, avait-il nasillé. 2125, Bay Street. Son vrai nom est Hito.
— En toute confiance ? »
Yo avait rigolé.
« C'est mon cousin. »

Et il y était allé. L'Ange habitait le quartier chic de Sea Cliff, et il s'était gouré que son installation n'avait pas dû se faire sans douleur dans ce quartier de snobs et de rupins.

Il avait volé une Camarro marron et avec un plan en main s'était pointé chez le Chinetoque.

Il avait laissé la bagnole un peu avant et observé l'immeuble de l'Ange dont la façade en miroir renvoyait les lumières en guirlande de Richmond, depuis East Bay. Le brouillard qui s'était levé les faisait trembloter, comme il commençait à noyer celles des phares et des réverbères et assourdissait les bruits urbains.

Il s'était dirigé vers un premier planton, fringué comme un amiral de la marine vénézuélienne, qui faisait le pied de grue devant l'immeuble.

« Je viens voir M. Hito. »

L'amiral l'avait toisé, avait froncé le nez comme s'il coinçait, et il avait eu envie de lui écraser son poing sur la gueule.

« Suivez-moi, avait intimé l'amiral en l'emmenant devant un second déguisé, planqué derrière un comptoir en bois précieux.

« Il veut voir M. Hito.

— Il vous attend ?

— Oui. »

Le portier avait décroché son téléphone en pinçant la bouche en cul-de-poule.

« Quel nom dois-je annoncer ?

— Genosi.

— Oui… Monsieur, ici le portier, un monsieur Genosi dit avoir rendez-vous avec monsieur Hito… D'accord, je le fais monter. Allez jusqu'au quinzième, ensuite vous aurez le privé », avait-il expliqué avec mauvaise grâce en lançant un coup d'œil entendu à son collègue.

Il s'était dirigé vers les ascenseurs en sentant dans son dos les regards rivés des deux glands.

Le liftier l'avait hissé à l'étage et n'avait pas attendu qu'il gagne le privé pour se tirer.

Une armoire à glace aux yeux bridés et au veston gonflé l'avait fouillé sans ménagement avant de l'expédier au dix-septième.

Il avait débarqué dans un salon grand comme un terrain de basket, meublé de canapés, tables basses, postes télé et bars, tandis qu'une demi-douzaine de Jaunes plantés sur la moquette le dévisageaient.

Enseveli dans un canapé de la taille d'un sous-marin, un mec l'avait regardé arriver en tirant sur un narguilé.

« Salut… »

Le mec au narguilé avait secoué la tête.

« Bonsoir.

— Je viens d'la part de Yo. »

Le mec s'était levé, et il avait vu se déplier un squelette avec un teint de cendre et des yeux caves. Il s'était dit qu'il avait dû choper une sale maladie.

« Que veux-tu, exactement ?

— Du travail. J'suis en cavale et j'dois m'tirer d'ici. J'ai besoin de papiers, et pour ça, y m'faut de l'oseille. Si vous voulez des recommandations, j'vous donne un numéro en France, on vous dira qui je suis.

— Pourquoi tes amis ne t'envoient-ils pas d'argent ?

— Parce que j'peux pas l'toucher, j'ai pas d'fafs. »

Le crevard avait fait signe à un des types et s'était écroulé de nouveau dans le canapé.

Le Jaune était réapparu quelques instants plus tard avec une seringue pleine, et sans plus de façons il se l'était enfoncée dans le pli du coude en fermant les yeux.

Après ça, il avait fallu que ça fasse effet et qu'il retrouve le monde.

« J'ai peut-être quelque chose, mais c'est délicat.

— C'que vous voulez, du moment qu'ça rapporte. »

L'Ange l'avait fixé un moment.

« J'ai quelques… riches clients qui aiment s'offrir des sensations trop chères… ou trop dangereuses pour le commun…

— Ouais… ?

— Des amateurs de cinéma réaliste, des esthètes… tu vois ce que je veux dire ? »

Il avait secoué la tête.

« Pas vraiment, expliquez. »

L'Ange s'était relevé, et ses gestes étaient beaucoup plus vifs.

« Ils aiment les enfants… faire des choses avec…

— Des vicelards ? On en a en France. Mon boss fait partie d'un réseau bien organisé. Y s'font filmer en train de se faire sucer ou en train d'enculer un gosse. C'est ça ?

— À peu près. À part que mes clients, presque des amis qui me font entière confiance, sont encore plus… plus… comment dire… plus blasés. Ils ne prennent leur plaisir que si ça va au bout.

— Au bout de quoi ?

— Les enfants ne servent qu'une fois. Tu me suis ?

— Ah ? ouais, j'vous suis…

— J'ai eu une commande récemment, un sénateur, mais j'hésite à m'en occuper moi-même parce que le climat est malsain… La Chambre des représentants est un peu remontée en ce moment sur ce sujet… Mais un inconnu, un étranger… ne risque pas grand-chose, n'est-ce pas ?

— Exact.

— Les repérages ont été faits, les sujets ciblés, il ne s'agit plus que d'aller les chercher et de les emmener où je te dirai. Qu'en penses-tu ?

— Moi, ça m'va. Ça vaut combien ?

— Quarante mille dollars. Un tout de suite, le reste à la livraison. »

Il avait gambergé à toute vitesse. Quarante mille dollars, dix pour les deux ploucs, trente pour lui.

« J'en veux plus d'un, et j'veux des papiers nickel pour quitter le pays. »

Le camé l'avait regardé et il s'était senti mal à l'aise.

« Je ne reviens jamais sur ce que j'ai dit. Tu auras les papiers. Tu évacueras par le Mexique. »

Au volant de la Camarro, Genosi fixait la sortie de l'école. À ses côtés, Jeffrey regardait aussi de tous ses yeux. Enfin, les enfants apparurent.

— C'est eux, dit le Français.

— Oh, des jumeaux, s'exclama Jeffrey d'un ton joyeux.

Effectivement, les deux garçons étaient jumeaux. Blonds, jolis, délicats. L'un d'eux tenait une fillette par la main.

— Ah, merde, ils ont leur sœur…

— C'est embêtant ?

— C'est pas dans la commande. Bon, allez, viens, dit le Corse en sortant de la voiture et en se dirigeant vers les trois enfants qui s'étaient tranquillement assis sur le rebord de pierre qui soutenait les grilles de l'école.

« Bonjour, dit-il en souriant à l'un des garçons. Vous êtes bien les enfants Sachs ?

Les gamins le regardèrent avec méfiance.

— Je cherche Errol et Erwin Sachs et leur petite sœur… poursuivit-il d'un ton cordial, c'est leur maman qui m'envoie… je suis le sergent Brown, du commissariat du quartier.

— Où est maman ? demanda le garçon d'un ton inquiet, tandis que son frère se pressait contre lui.

— Elle a eu un accrochage avec sa voiture, pas grand-chose, mais l'autre conducteur ne voulait pas faire de constat, alors on les a emmenés au poste. Mais elle était inquiète de vous savoir seuls à la sortie de l'école, et elle a demandé qu'on vienne vous chercher.

— Vous êtes policier ? interrogea la fillette qui paraissait plus jeune.

— Oui, ma jolie. Sergent Brown.

— Vous avez un revolver, alors…

— Oui…

— Fais voir.

Il fit semblant d'hésiter, puis sortit son .44 que les mômes détaillèrent d'un air effaré.

— Il faut aller avec vous ? demanda le second gamin.

— Oui, c'est ce que je dis. Je vous présente mon partenaire, Jeffrey. Et ça, c'est notre voiture, dit-il en désignant la Camarro.

— C'est pas une voiture de policiers, objecta la gamine, elles sont blanches et bleues.

— T'as raison, ma jolie. Mais les blanches et bleues sont pour les policiers en uniforme. Au fait, comment tu t'appelles ?

— Maman t'a pas dit ?

— Excuse-moi, j'ai oublié.

— Lisa.

— Très bien, Lisa. Alors, on y va ?

Les trois enfants se consultèrent du regard, et celui qui semblait le plus dégourdi entraîna les autres.

— Montez à l'arrière avec Jeffrey. Quelqu'un veut des bonbons ?

Ils acceptèrent, et le Corse démarra vivement.

Pendant le contact il avait surveillé les alentours et constaté que personne ne leur avait prêté attention. L'école était dans un quartier animé et chacun vaquait à ses affaires.

Il craignait aussi que Gil, chargé de retarder leur mère, échoue. C'était pourtant simple, mais Genosi ne lui faisait pas confiance… L'aîné des Hunter devait emboutir la voiture de Mme Sachs et faire un faux constat pour la retarder au maximum. Apparemment, il s'était trompé sur ses capacités.

— C'est par là ? demanda la fillette.

— Oui.

Genosi roulait vers le terrain vague qu'il avait repéré la veille. Il déboucha dans Baxter et se dirigea vers l'est pour s'éloigner du centre.

— C'est loin, ton commissariat ? demanda encore Lisa.

Genosi grogna. La gosse était une chieuse. Les deux autres n'avaient pas encore moufté qu'elle n'arrêtait pas de jacasser.

— Je fais le tour pour éviter les embouteillages.

Il regarda dans le rétroviseur. Jeffrey était assis au milieu de la banquette et souriait aux jumeaux. Sa main droite caressait la cuisse d'un des garçons.

— Jeffrey... on emmène ces enfants à leur mère, dit-il durement.

Jeffrey acquiesça en souriant.

À ce moment, Genosi aperçut les palissades qui cernaient le terrain vague et s'engagea dans la ruelle qui y menait. La gamine se redressa.

— Y a pas de commissariat. Où il est ?

Genosi freina brusquement. Il fallait maintenant que cet abruti de Jeffrey agisse comme il le lui avait indiqué.

Il descendit, fouilla dans sa poche et sortit les tampons et la bouteille de chloroforme. Il ouvrit la portière arrière, colla un tampon mouillé dans la main de Jeffrey, versa la moitié de la bouteille dans les siens et les plaqua sur la bouche des jumeaux, pendant que Jeffrey, se réveillant de son rêve, appliquait le sien sur le visage de leur sœur.

Les enfants se débattirent et s'affaissèrent.

— Bon, grouille, fais-les glisser entre les banquettes. Magne, bon Dieu !

Dans la boîte à gants il prit un rouleau d'adhésif argenté, leur lia les mains et les pieds, et les bâillonna.

Jeffrey n'avait pas bougé.

Genosi empila les enfants entre les banquettes et se remit au volant.

— Dis donc, grand connard, tu passes tes vacances ici ? Monte, bordel.

Jeffrey soupira et grimpa dans la voiture. Il regardait fixement devant lui, et un coin de sa bouche tressautait. Genosi lui lança un coup d'œil en biais.

— Dis donc, Ducon, tu vas pas nous faire une crise ?

Jeffrey tourna lentement les yeux vers lui.

— C'est des jumeaux.

— Ouais, et alors ?

— Comme Gil et moi.

Genosi haussa les épaules et embraya.

— Bon, maintenant, faut retrouver ton frangin. Apparemment, il est moins con que c'que j'pensais.

SAN FRANCISCO, Q.G. POLICE, MARKET STREET

Sandra et moi nous débarquons dans le bureau de Fargo et je m'aperçois immédiatement qu'il y a un problème.

— Bonjour, capitaine, dit Sandra.

Il la fixe, lèvres serrées comme un vieillard qui aurait perdu son dentier.

— Bonjour, grogne-t-il.

Il farfouille sur son bureau en bousculant des papiers qui ne lui demandent rien, et se redresse, poings sur les hanches.

— Y a eu une couille.

— De quel ordre ?

— Le mobile home des frères Hunter a disparu.

— Quoi ?

— Disparu. Envolé.

— Parce que ? demandé-je.

— Parce qu'y a eu cafouillage entre les types qui le surveillaient, et qu'il est resté toute la nuit sans être gardé. Je fais rechercher les responsables.

— Ça nous console ! Cette poubelle sur roues était notre seule piste ; qui l'a piquée ? Les frères Hunter, d'autres ?

Fargo hausse les épaules dans un geste d'ignorance.

Sandra est allée se coller devant la fenêtre. J'imagine aisément pourquoi.

La seule petite lueur dans ce tunnel vient de s'éteindre. Et c'est encore une fois la faute des flics.

J'ai abandonné le droit quand, lors de ma première plaidoirie, j'ai obtenu un non-lieu pour mon client accusé de meurtre sur un enfant et son chien. Un an après, il récidivait. Vais-je quitter la police parce que la proportion d'abrutis dans cette profession paraît supérieure à la moyenne nationale ?

Ma mère serait contente. Je pourrais promener Spartacus.

— Les fédés se sont mis sur le coup, lâche Fargo.

— Il ne manquait plus que ça.

— Mais si Genosi et consorts ne sont pas sortis de l'État, ils l'ont dans le baba…

— …

— Et puis, il faut que vous vous en occupiez, Goodman. J'ai trop de travail.

Le téléphone, qui grelotte à cet instant, distrait ma colère.

— Allô, oui… ah… Mme Sachs ?… avec son mari ? Faites monter. Trois enfants d'une même famille enlevés, marmonne-t-il. Ce sont les parents qui arrivent.

Sandra se décolle de la fenêtre et je lui emboîte le pas vers la sortie, sans même songer à saluer Fargo.

— Attendez… Ça vous ferait rien d'assister… enfin d'être là ?

— Pourquoi ?

Il secoue sa tête de bouledogue en celluloïd.

— Vous penserez peut-être à poser des questions que je… Qu'est-ce que je peux dire à une mère à qui on a enlevé ses trois gosses ?

— Trois ? souffle Sandra.

Fargo acquiesce.

— J'ai jamais vu ça.

— C'est arrivé quand ?

— Avant-hier.

La porte s'ouvre devant un officier qui précède un couple.

— Entrez, je vous en prie, s'empresse Fargo. Je vous en prie, asseyez-vous.

Ce sont des fantômes. Ils sont gris et transparents. En fait, ils n'ont plus de couleurs, hormis le bord de leurs paupières enflées et rouges. Ils ont aux alentours de la trentaine, mais tels qu'ils sont, ils sont sans âge. Ils s'assoient devant le bureau et Fargo se penche vers eux comme s'il craignait de les voir tomber.

— Madame Sachs... monsieur... je suis désolé... Je... je vous présente mon collègue, le lieutenant Goodman, et Sandra Khan, reporter judiciaire au *San Francisco News*. Est-ce que ça vous ennuie qu'ils assistent à notre entretien ?

J'ignore s'ils l'ont entendu, car ils ne réagissent pas.

— Monsieur Sachs... avez-vous reçu un message des ravisseurs ?

Le mari secoue la tête sans le regarder. Il semble être à des millions de kilomètres.

— Excusez-moi, intervient Sandra, j'ignore tout de cette affaire. Pourquoi pensez-vous immédiatement à un enlèvement ? Ne pourrait-il s'agir d'une fugue ?

La femme, les yeux vides, articule :

— On les a vus monter dans une voiture.

— Mais personne n'a été capable de nous donner ni la marque ni, bien sûr, le numéro, à part que c'était une conduite intérieure foncée, ajoute Fargo.

J'observe le couple. L'homme présente un début de calvitie et porte des lunettes sans monture. Il paraît falot. Son épouse est une gentille Américaine comme on en voit dans toute l'Amérique urbaine. Ils ne sont pas Rockefeller, ils ne sont pas célèbres, alors, pourquoi ?

— Madame Sachs... je n'ai pas compris... qu'est-ce qui vous a retardée, ce jour-là, pour arriver à l'heure à l'école ? interroge Fargo d'une voix feutrée.

Elle le regarde et éclate en sanglots.

Cet idiot a juste mis le doigt sur ce dont doit s'accuser la malheureuse. A-t-elle regardé trop longtemps le feuilleton de l'après-midi ? A-t-elle rencontré une amie et papoté sans se rendre compte de l'heure ? Quelle qu'ait été la raison de ce retard, il alimentera longtemps sa culpabilité.

Son mari la serre contre lui en mêlant ses sanglots aux siens. Fargo et l'autre flic fixent le vide; je croise le regard de Sandra. Ce n'est pas cette histoire qui va l'encourager à continuer notre enquête.

On attend que s'apaise le chagrin de ces gens qui s'excusent en reniflant. Et Fargo repose sa question.

— Un accrochage, répond le mari. Ma femme, enfin, sa voiture, a été accrochée par un camion.

— Non, pas un camion, enfin, un camion pour faire du camping, précise-t-elle.

Sur le coup, il ne se passe rien, et puis je sens une montée d'oxygène dans mes neurones.

— Un mobile home ? hasardé-je.

Sandra s'est rapprochée, elle a suivi le même raisonnement que moi.

Fargo s'est figé, les deux mains à plat sur son bureau. Quelle que soit notre durée de vie à tous, « mobile home » est un mot qui n'est pas près d'être oublié.

Mme Sachs hausse les épaules, et murmure :

— Oui, ça peut s'appeler comme ça...

Fargo se penche sur son bureau.

— Madame Sachs, comment était ce mobile home ?

Elle le regarde d'un air ahuri.

— Je... je n'en sais rien...

— Mais pourquoi vous intéressez-vous à cet accident ? intervient le mari qui ne comprend pas plus que sa femme.

— Avez-vous fait un constat ? insiste Fargo.

— Mais qu'est-ce que c'est que cette histoire ? bégaye M. Sachs dont les nerfs semblent près de lâcher.

— Je vous en prie, monsieur Sachs, j'aimerais que votre femme réponde.

Il se tourne vers sa femme.

— Ma chérie, réponds, as-tu fait un constat ?

Il est visible qu'il s'en veut de lui poser une telle question.

— Oui... murmure-t-elle.

— Ce mobile home, intervient Sandra, il était de quelle couleur ?

La femme relève la tête, réfléchit en fronçant les sourcils. Commence-t-elle à comprendre que ces questions ne sont pas destinées à établir les responsabilités pour son assurance ?

— Je ne me rappelle plus... clair... je crois, deux tons.

— Vous avez votre constat ? demande Sandra.

Mme Sachs hausse les épaules.

— Je ne sais pas où je l'ai mis.

— Pourquoi toutes ces questions sur ce mobile home ? s'insurge soudain le mari. Nos trois enfants ont été enlevés, on se moque pas mal de cette histoire.

Sandra se rapproche et pose la main sur l'épaule de Mme Sachs.

— Ce n'est pas pour l'accrochage, monsieur Sachs, nous cherchons à établir si ce mobile home n'a pas un rapport avec l'enlèvement de vos enfants. Si c'était le cas, nous pourrions avoir une piste.

Mme Sachs s'est tournée vers son mari. Elle se met à fouiller frénétiquement dans son sac et brandit le constat avec un soupir de soulagement.

Fargo est le plus rapide et s'en saisit. Mais au fur et à mesure qu'il le lit, son visage s'allonge.

— Vous avez signé ça, madame Sachs ?

Elle a un geste apeuré de la main.

— Je... n'avais pas le temps de vérifier, je... je ne voulais pas laisser mes enfants tout seuls. C'est lui qui a insisté pour faire un constat parce que j'avais une aile un peu enfoncée. Moi, je ne voulais pas, mais il y a tenu, alors j'ai trouvé ça gentil de sa part, vous comprenez...

On comprend.

— Y a pas un mot de lisible, là-dedans, explique Fargo.

— Attendez, interviens-je en sortant de ma poche le portrait-robot établi pour les frères Hunter. Pouvez-vous nous dire, madame, si votre adversaire ressemblait à ceci ?

Ses mains tremblent et ses yeux papillotent. Elle fixe le papier d'un air absent.

— Je... je ne sais pas... peut-être... pourquoi ?

— Pouvez-vous en être sûre ?

— Je... je ne sais pas... je ne l'ai pas regardé... Il s'occupait de mon aile... peut-être que c'est lui... Je crois qu'il était grand... oui... les cheveux clairs.

— Pourriez-vous le reconnaître ?

— Non... je ne sais pas... dit-elle en sanglotant.

— Monsieur Sachs, excusez-moi de vous poser cette question, mais... avez-vous de gros revenus ?

Il me fixe de ses yeux de myope.

— Non, je suis employé dans une librairie et ma femme est bibliothécaire. Nos revenus à tous les deux s'élèvent exactement à soixante-quatre mille dollars annuels, et nous devons payer des traites pour notre maison de cinq cents dollars par mois. On ne peut pas donner de rançon. C'est une épouvantable erreur.

Fargo, Sandra et moi, depuis que nous avons vu les Sachs, savons que les enfants n'ont pas été volés pour l'argent.

— Qui a remarqué la voiture ? demandé-je à Fargo.

— Une femme de ménage de l'école. Elle parle à peine l'anglais, elle est cubaine. Elle ne saurait pas reconnaître un tank d'une Ferrari.

— Monsieur... retrouvez-moi mes enfants... je vous en supplie... ma famille a été massacrée par les nazis... en Autriche... mon père et ma mère sont morts ici, dans un accident de voiture, je n'ai que mes enfants... je vous en prie.

— Nous ferons tout pour vous les rendre, madame Sachs, répond Fargo.

Il fait signe au policier de les raccompagner chez eux. Ils se lèvent et suivent docilement l'officier.

— Si vous recevez le moindre appel, je vous en prie, prévenez-nous aussitôt, dit encore Fargo ; même si on vous demande de ne pas avertir la police, sachez que votre seule chance de retrouver vos enfants, c'est nous. Il n'y a pas d'exemple que les kidnappeurs rendent les enfants, même si on leur donne l'argent qu'ils exigent. Parce que... parce que... comprenez, les enfants les ont vus. Je vais, c'est normal... comprenez, je vais faire mettre votre téléphone sur écoute. Dans le cas où ils vous appelleraient, faites durer la conversation le plus possible. J'aurai des hommes à proximité.

Ils se sont arrêtés pour écouter Fargo puis ils sortent sans rien dire. L'officier referme la porte sur eux.

On est muets d'horreur. Si c'est Genosi et les Hunter qui ont enlevé ces gosses, il y a peu de chances que ces pauvres gens les revoient.

BOSTON, MASSACHUSETTS

Je suis rentré chez moi. Je n'en pouvais plus de tourner à Frisco sans rien faire. Thompson, quand je lui ai raconté l'histoire des enfants Sachs, a serré les poings.

— Alors, qu'est-ce que vous foutez ici ? Y sont pas là, ces fumiers ?

— Le FBI a été mis sur l'affaire à cause du rapt. Ils m'ont viré.

— Viré ! (Thompson a failli en avaler son cigare d'indignation.) Viré, et vous vous êtes laissé faire !

— Je poursuis l'enquête avec Sandra Khan, mais à titre personnel. J'avais besoin de consulter les archives. Je repars.

— Comment, à titre personnel ? aboie Thompson. Des queues ! Le maire va vous faire une habilitation exceptionnelle signée par le chef de la police de Boston. Envoyez-les chier, ces cow-boys de merde !

Il est hors de lui, le petit capitaine. Il déteste que ses hommes soient mis sur la touche, ça le remet en question, ou peut-être a-t-il vraiment de l'estime pour nous. Je ne sais pas, et je m'en moque.

J'ai le cafard. Ce qu'a laissé échapper Mme Sachs sur sa famille massacrée par les nazis en est la cause. On ne peut pas oublier son histoire. Je n'aime pas tuer, qui peut aimer ça à part des types comme ceux que je poursuis et qui sont des millions à travers le monde ? Mais je ne supporte pas mieux quand le destin s'acharne.

— Je vous remercie, capitaine, je vais faire ce que je peux.

— Plus que ça, Goodman, plus que ça.

SAN FRANCISCO, MOSCONE CENTER

L'immeuble qu'habitent les Sachs donne sur l'embranchement de Bush Street et de Franklin Square. Si le quartier fut correct, il ne l'est plus. Tout près, s'ouvre une galerie fantôme hantée par des zombies devant laquelle s'étale un terrain vague à l'herbe pelée jonchée de bidons rouillés et de canettes de bière.

Le 719 a six étages et ses briques rouges sont taguées jusqu'au troisième. J'appuie sur l'interphone qui couine comme une souris coincée dans une tapette. J'attends, et une voix masculine demande :

— Oui ?

— Monsieur Sachs ? Je suis Sandra Khan, nous nous sommes rencontrés dans le bureau du capitaine Fargo.

Il met un moment avant d'ouvrir.

— Troisième.

Je grimpe l'escalier, plus bourgeois et plus propre que je ne le pensais.

Il m'attend sur le palier.

— Excusez-moi de vous déranger.

Il me précède dans l'appartement. Sa femme est assise sur le canapé.

— Merci de me recevoir.

Personne ne me répond, et M. Sachs va s'asseoir près de sa femme. Ils doivent rester des heures ainsi, côte à côte, à ressasser leur chagrin.

Un chien noir est allongé près du canapé et lève un œil sur moi. Il attend aussi le retour des enfants.

Je m'assois en face d'eux sans qu'ils m'y invitent.

— Je voudrais que vous sachiez combien nous prenons part à votre malheur. Nous allons tout faire pour vous rendre vos enfants... (Ils restent muets.) Mais il faut nous aider. Plus nous en saurons sur eux, plus vite nous les retrouverons. Je voudrais... enfin, si vous pouvez... que vous me parliez d'eux. Il y a des jumeaux, n'est-ce pas ?

Ils ont la même grimace douloureuse. Mme Sachs hoquette et porte la main à sa bouche comme pour retenir une nausée. M. Sachs l'entoure aussitôt de ses bras.

— Excusez-moi, mais il faut que nous en sachions davantage sur eux que la photo que vous nous avez donnée.

— Vous êtes journaliste ? Vous voulez faire un article sur notre malheur ? accuse brutalement M. Sachs.

Sa femme plisse les yeux et se recroqueville comme quelqu'un que blesse le moindre éclat.

— Pas du tout. Je fais l'enquête en parallèle avec la police. Voyez-vous, les ravisseurs de vos enfants, on est presque sûrs de les connaître.

Ils sursautent.

— Vous les connaissez ?

— Peut-être. C'est le mobile home qui nous a fait penser à eux. C'est leur façon de se déplacer.

— Et pourquoi sont-ils toujours libres ?

— Parce que jusque-là nous n'avons pas réussi à les localiser.

— Qui sont-ils ? souffle Mme Sachs.

— Deux frères, des jumeaux, ajouté-je, alors qu'elle sursaute. Et peut-être un troisième homme, un Français.

— Mais qu'est-ce qu'ils veulent de nous puisqu'ils savent que nous n'avons pas d'argent ? s'insurge soudain Mme Sachs. Qu'est-ce qu'ils veulent ? Est-ce que le malheur ne nous lâchera jamais ?

— Parlez-moi de votre petite fille, biaisé-je.

— Lisa ? elle est adorable. Elle a sept ans, mais raisonne comme si elle en avait quinze. Elle ressemble à sa grand-mère, à ma mère, précise-t-elle. Elle aime écouter de la musique, et elle lit... Mon Dieu, ce qu'elle lit...

C'en est trop pour Mme Sachs. L'évocation de sa fille la replonge dans sa détresse. Elle s'effondre en se tordant les mains et en sanglotant.

Son mari tente de la calmer, lui parle doucement, me jette un regard féroce.

— Partez ! Vous ne voyez pas que vous nous faites du mal ? Fichez le camp, fichez le camp...

Le chien s'est redressé. Je m'en vais. J'ai mal partout.

Je ne supporte pas le soleil qui m'agresse. Je voudrais me pelotonner dans mon lit. Ne plus voir cette saloperie de soleil.

— Pardon, dis-je machinalement en tentant d'éviter une silhouette qui se dresse devant moi.

— Pardon de quoi ?

Je lève les yeux sur un grand Black qui se balance d'un pied sur l'autre.

— Pardon de rien, c'est une formule de politesse.

— Moi, j'suis pas poli.

— Dommage pour vous, dis-je en tentant de passer.

Il tend le bras.

— C'est pas un quartier pour un joli petit cul blanc comme le tien, ricane-t-il.

— Pourquoi ? C'est seulement un quartier pour un cul noir comme le tien ? C'est quoi, ton problème ?

— Financier.

— C'est celui de tout le monde. Laisse-moi passer.

Son sourire s'efface, et il m'agrippe par le revers de ma veste. Je lui arrive à l'épaule.

— Qu'est-ce t'as dans ton sac, morue ?

C'est pas le jour. Je lui attrape le pouce et le tords violemment pendant que je lui envoie un coup de pied dans les tibias. Il me lâche et se met à gueuler. Je le balance contre le mur et cavale vers ma voiture.

De l'autre côté du trottoir, d'autres Blacks assistent au spectacle en rigolant. Mon agresseur me court derrière, mais j'ai une voiture à télécommande. Et, bonheur, ma portière s'ouvre comme avec un sésame.

PARC SANTA RITA, CALIFORNIE

Genosi, assis à califourchon sur un tronc d'arbre dans le parc Santa Rita, près de la rivière San Joachin, mâchouillait un brin d'herbe. Plus loin, dissimulés sous des arbres, étaient garés la Camarro et le mobile home. Et dans le mobile home, le trio de chiards.

Il réfléchissait en observant ses deux complices. Sa récente conversation téléphonique avec le Chinetoque l'avait laissé perplexe. L'Ange l'avait félicité, mais lui avait demandé de garder les mômes jusqu'à ce que les choses se tassent.

« Quelles choses ?

— La police.

— J'pige pas.

— L'enlèvement a fait plus de bruit que je ne le pensais.

— Vous avez cru qu'ça s'passerait comment ? Avec une distribution de bons points ? »

Au silence qui avait suivi sa sortie, le Corse avait compris que l'Ange et lui n'avaient pas le même sens de l'humour.

« Alors, qu'est-ce que je fais ?

— Rien de changé. C'est simplement suspendu. Mon correspondant préfère attendre que les choses se tassent, et je peux le comprendre. C'est un homme important.

— Moi, j'ai fait mon boulot. Les gosses, c'est pour lui.

— Je n'aime pas ce ton. C'était convenu que tu les gardais jusqu'au moment de la livraison. Qu'est-ce tu cherches ?

— À m'tirer d'ici. Vous avez pas encore compris ? Et mon fric ?

— Après. Nous étions d'accord. Tu as assez pour tes frais. Je me suis occupé pour les papiers. Ça demande un peu de temps. J'ignorais que tu étais recherché par la police de plusieurs États. Envoie-moi deux photos. Colle-toi une barbe et des lunettes.

— Si les flics se mettent à fouiner, où est-ce que je vais, moi ?

— Ils ne savent rien, ils font du bruit, c'est tout. Ils mettent la pression sur les indics parce qu'ils ne comprennent pas pourquoi les enfants ont été enlevés à cette famille. Mais sans demande de rançon, ils n'ont aucune piste. Ne te montre pas, et surtout cache bien les gosses.

— Et mon fric ? »

— Alors, qu'est-ce qu'on fait ? demanda Gil.

Le Corse regarda Jeffrey.

— Ça te dirait de t'occuper des gosses pendant quelques jours ?

Jeffrey eut un grand sourire.

— Je serais très content, je m'en occuperais très bien.

— Qu'est-ce que tu mijotes ? demanda Gil.

Genosi se leva et cracha son bout d'herbe.

— Toi comme moi, on sait pas s'occuper des mômes ; ton frangin a l'air d'aimer ça. Trois mecs ensemble, ça se remarque, surtout que moi j'suis une vedette... On va se séparer quelques jours, le temps que le tintouin se tasse et que mon client me donne le feu vert. Après, on lui amène les mômes. Qu'est-ce t'en dis ?

— J'en dis que j'aimerais pas savoir Jeffrey tout seul avec eux.

— Pourquoi, t'as pas confiance ? Jeffrey, ton frère pense que tu sauras pas te débrouiller tout seul.

— Si, Gil, je saurai.

Gil fit quelques pas. À une petite centaine de mètres, sur la N 33 qui reliait Dos Palos à Mendota, défilait un flot ininterrompu de voitures et de camions. Il pensa aux dix mille dollars qui étaient au bout. Pourquoi dix mille ?

Genosi avait parlé de vingt mille pour eux trois. Ça faisait déjà quatorze mille pour eux. Mais vingt mille seraient encore mieux. Ça valait de prendre des risques.

— Et où on serait, nous ?

— Toi, j'sais pas. Moi, je retourne me planquer à Frisco. Y a que dans une ville que je me sens à l'abri. Dans l'hôtel minable où on était.

— Moi, Frisco, c'est rayé, à cause de l'Arménien.

— Personne n'est au courant.

— Si, quand j'ai téléphoné, Takvo était avec un gars que je connais. Il a entendu que je lui filais un rancard.

— Et alors, il aurait pu être liquidé après.

— J'prends pas le risque. Je descends à Salinas, j'ai des copains.

— Comme tu veux. Tu sais où me joindre.

— Quand ?

— Compte une petite semaine.

— Et Jeffrey ?

— Y reste là. T'as dit que c'était le meilleur coin pour se planquer.

PARC SANTA RITA, SUD-EST DE SAN FRANCISCO

Jeffrey ouvrit la porte du camping-car et descendit. Il défroissa son pantalon et referma son blouson à cause de l'humidité matinale. Il alla contre un tronc d'arbre soulager sa vessie.

Il était seul avec les enfants depuis la veille et n'avait pas dormi de la nuit. Il n'avait rien compris au plan du Français, mais s'en fichait. Il était content d'être avec les enfants. C'était juste la fille qui l'embêtait. Le Français lui avait dit qu'elle n'était pas dans la livraison. En quelque sorte c'était une prime, mais une prime bien encombrante. Les gosses n'avaient pas cessé de pleurer et de geindre. Pourtant, il s'en occupait très bien. Bien mieux que Gil et le Français qui n'avaient aucune patience.

Ils avaient quitté Frisco après avoir récupéré Gil et effectué le transfert des gosses dans le mobile home. Avant de se séparer, le Français était allé à South Dos Palos chercher de la nourriture. Il était revenu avec deux sacs de boîtes de conserve.

Il revint vers la caravane et entra. Les trois enfants étaient assis par terre, le dos appuyé contre la couchette. Jeffrey les avait déshabillés parce qu'ils s'étaient souillés dès le premier jour.

En le voyant, les enfants se remirent à pleurer.

Il avait bien remarqué que leurs chevilles, leurs poignets, et leurs bouches surtout, étaient à vif à cause de l'adhésif. Il n'en avait rien dit aux autres qui ne s'en étaient pas rendu compte. Il devrait les soigner.

Il ouvrit une boîte de corned-beef qu'il versa dans une assiette. Les enfants se tortillèrent dans leurs liens et gémirent malgré le bâillon. Jeffrey fit comme s'il ne s'apercevait de rien.

Il s'accroupit.

— Allez, on déjeune.

Il parlait toujours au même, à Erwin, le plus éveillé, celui qui lui plaisait. Son frère était perpétuellement en train de pleurer et leur sœur à rouspéter.

Les enfants roulèrent des yeux effrayés. Manger, ça signifiait décoller le sparadrap, et ils ne supportaient plus la souffrance que ça provoquait.

Jeffrey l'arracha d'un coup, comme on devait le faire. Des morceaux de la peau des lèvres restèrent collés au ruban, et les enfants hurlèrent.

— Mais, qu'est-ce qui vous prend ? s'énerva Jeffrey en distribuant des gifles au hasard.

Il prit une cuillère et enfourna le corned-beef avec équité dans les trois bouches. Ce n'était pas facile. Les enfants recrachaient en pleurant, vomissaient, s'agitaient.

Les repas étaient une épreuve. Mais il fallait bien les nourrir pour qu'ils soient en bonne forme. Gil lui avait confié qu'ils valaient vingt mille dollars.

Errol fit pipi sur lui.

— Cochon, tu ne pouvais pas demander ?

Le gosse hurla, et Jeffrey le gifla. Erwin cria en réclamant sa mère, et leur sœur s'agita tellement dans ses liens qu'elle renversa l'assiette qu'il tenait.

Il vit rouge et l'empoigna en la secouant.

— Tu vas te taire, tu as vu ce que tu as fait, saloperie ! Toute la nourriture par terre, mais tu vas la manger, saloperie !

Il ne se contrôlait plus, et la tête de Lisa heurta plusieurs fois la paroi. Il distribua quelques coups de pied aux garçons et sortit.

Essoufflé, il s'assit dans l'herbe.

Il regarda Lisa et s'aperçut qu'elle avait les yeux grands ouverts et qu'elle ne bougeait pas. Ses cheveux, rouges de sang, lui retombaient sur le visage.

— Alors, tu te réveilles ? cria-t-il en la retournant, mais la tête de l'enfant retomba mollement en avant.

Tremblant, il abandonna le petit corps à terre, puis se rua à l'intérieur de la caravane.

— Où est notre sœur ?

Hagard, il ne reconnut pas celui qui parlait.

Il ressortit. Nue, étendue dans l'herbe, pieds et mains liés, Lisa ressemblait à un animal écorché.

Sur la 33, la circulation, très ralentie pendant la nuit, reprenait. Les chromes des camions qui se croisaient en faisant hurler leurs trompes scintillaient dans le soleil de ce début de journée. La forêt s'animait, la vie recommençait.

Jeffrey se pencha et ramassa le cadavre. Les lèvres de l'enfant s'écartèrent comme si elle allait parler. Il la porta sous son bras comme on le fait d'un paquet et se dirigea vers un taillis. Il la déposa et la recouvrit de branchages.

Il craignait la réaction de Gil quand il apprendrait la bêtise qu'il avait faite.

SAN FRANCISCO, PASADENA, NEUF HEURES DU MATIN

Je viens d'avoir Nina au téléphone. Au début, ni elle ni moi ne savions quoi dire. Et puis j'en ai eu assez, et je lui ai demandé de revenir. Elle m'a dit qu'elle rentrait ce soir.

— Je t'attends.

— Moi aussi, je t'attends.

Et on a raccroché avant que l'émotion ne nous rende trop bêtes.

Ensuite, la mère de Sam a appelé.

— Madame Goodman ?

— Sandra, oui, c'est moi, comment allez-vous ?

— Très bien, madame Goodman, que me vaut le plaisir ?

— Oh, je m'inquiète pour Sam, vous savez comment sont les mères.

— Oui, mais pourquoi vous inquiéter ? Il va bien.

— Bien ? Je ne le vois plus ; je suis contente que vous m'appreniez que mon fils va bien.

Ça a duré comme ça une dizaine de minutes où elle m'a confié que son fils était rentré à Boston en coup de vent, qu'elle ne l'avait entraperçu qu'un quart d'heure, le temps de lui trouver une mine effroyable.

J'ai eu beaucoup de mal à la rassurer.

Et une demi-heure après, alors que je viens de m'asseoir pour déguster mon quatrième café et penser à Nina, c'est Sam qui m'appelle.

— Sandra. Passez me prendre, Fargo vient de téléphoner.

— Du nouveau ?

— Oui, mais il n'a rien voulu dire.

— Sam, je viens de parler à votre mère.

— Ma mère, pourquoi ?

— Elle vous a trouvé très mauvaise mine la dernière fois qu'elle vous a vu.

Je l'entends soupirer.

— Vous passez dans combien de temps ? demande-t-il seulement.

— Heu… une demi-heure, ça va ?

Le P.C. de Fargo ressemble à une fourmilière au moment du vol nuptial.

— Qu'est-ce qui leur prend ? murmure Sam en me guidant vers le bureau du capitaine.

— Ils ont peut-être retrouvé les gosses, hasardé-je.

On entre chez Fargo et on le trouve en compagnie d'une caricature de G. man.

Fargo nous fixe de ses grands yeux de poupée Barbie, et nous présente illico.

— Agent Kellerman du FBI, lieutenant Goodman de la police criminelle de Boston, en charge de l'affaire Genosi, et Sandra Khan… heu… enquêtrice judiciaire au *San Francisco News*.

Je murmure un « bonjour ». Pas Sam, et pas plus l'agent Kellerman qui nous regarde comme si on était couverts de chiures de mouches.

— On a peut-être retrouvé la petite Lisa Sachs, dit Fargo.

— Vivante ?

Fargo secoue sa grosse tête.

— Non.

— Oh, mon Dieu !

— Morte comment ? demande Sam, mâchoires serrées.

Kellerman s'approche. Tout en lui est gris. Ses cheveux, fins et soigneusement coiffés sur le côté, son teint, avec juste une touche de jaune dans les yeux, son costume, couleur bitume, sa cravate à nœud serré, et sûrement ses chaussettes.

— Qu'est-ce que vous faites ici ? me demande-t-il.

— C'est moi qui l'ai priée de m'aider, intervient Sam.

— Aider ? Depuis quand la police criminelle se fait-elle « aider » par des journalistes ?

— Nous avons déjà travaillé ensemble quand Mlle Khan habitait Boston, a le culot de répondre Sam. Le chef de la police et le capitaine Thompson, mon supérieur, sont d'accord. Ils pensent que par sa connaissance du milieu de San Francisco elle me permettra d'entrer en contact avec lui.

Fargo se sent le besoin soudain de ranger ses crayons, tandis que l'agent Kellerman papillote des paupières.

— De toute manière, nous prenons l'affaire en main. C'est un kidnapping, ce n'est plus de votre ressort.

— Nous pensons qu'il est lié à l'affaire Genosi, rétorque Sam, et je suis habilité par les autorités du Massachusetts, en accord avec celles de Californie, à poursuivre mon enquête ici.

— Pas avec elle, coupe l'homme en gris.

— C'est moi que ça regarde, répond Sam.

— Je ne veux pas vous avoir dans les jambes, grogne Kellerman.

— Ça ne risquera pas, je ne supporte pas l'odeur du poisson, répond Sam.

Balle de set, et match.

— Parfait, si vous êtes d'accord, je pars sur les lieux où on a trouvé la petite fille. Qui m'accompagne ? intervient Fargo qui a terminé son rangement.

— On a prévenu les parents ?

— Après, quand on aura vu le corps. Pas la peine de faire du mal, si par chance ce n'était pas elle.

Kellerman nous toise encore et tourne les talons. Il disparaît dans le couloir suivi par deux clones qui cavalent derrière.

Fargo secoue la tête.

— Impossible de les éviter... marmonne-t-il. Vous montez avec moi, ou vous suivez en voiture ?

— On vous suit, décidé-je.

J'ai bien fait. À distance, je le vois qui conduit comme un échappé de l'asile. Il actionne sa sirène et fonce au milieu des voitures qui ont juste le temps de s'écarter, et je profite du sillon qu'il creuse dans la circulation.

— Il va se tuer, murmure Sam, cramponné au tableau de bord.

— Non, il y a un bon Dieu pour ces gens-là. Je ne sais pas où on va, et je ne peux pas le lâcher.

Trois quarts d'heure plus tard on arrive sur les lieux que je repère grâce au ballet des voitures de police.

— Parc Santa Rita, murmure Sam en lisant une pancarte, vous connaissez ?

— Oui, c'est un parc naturel, très étendu et très touffu. Les gens ne s'y baladent qu'en bordure de route. On pourrait y passer des mois sans rencontrer personne. Il y a de quoi flipper. C'est traversé par plusieurs rivières ; il y a aussi des lacs. Idéal pour abandonner un cadavre. Je me demande comment ils sont tombés dessus.

Je m'arrête près de la voiture de Fargo, et Sam montre sa plaque. Personne ne me demande rien et on rejoint les autres.

En contrebas, à une centaine de mètres, des flics prennent des photos et ratissent à l'intérieur d'une aire protégée par le ruban jaune qui délimite le lieu du meurtre.

On dégringole la pente et on atterrit dans le dos de Kellerman qui ne peut pas retenir une grimace exaspérée.

Mais je m'en fous. Je viens d'apercevoir le cadavre d'une petite fille.

Couchée sur le côté, les pieds et les mains entravés, la petite tête blonde souillée de terre et de sang est pliée selon un angle impossible. Un œil est ouvert. On a dégagé les branches qui la recouvraient. Elle est entièrement nue.

Je m'éloigne et vomis derrière un taillis. J'ai le cœur qui bat à s'arracher de ma poitrine. Je sais que c'est la petite Lisa Sachs.

Sam me rejoint. Il est vert et il tremble.

— Remontez dans la voiture.

— Non. (Je regarde le ciel. Très haut, un supersonique trace sa griffe blanche. Plus bas évolue un vol de martinets. Leur mouvement collectif est un miracle de précision et d'harmonie. Au même centième de seconde la troupe se déchire dans un ordre parfait, remonte en deux flèches vibrantes qui replongent vers le sol dans une parabole impeccable pour se réunir en un seul faisceau.) C'est elle ?

— C'est elle.

— Elle a été... il a... ?

— Non. Apparemment elle n'a pas subi de violences sexuelles. Elle... elle a le cou brisé. Ils pensent qu'elle est morte sur le coup.

Je fais un effort pour l'entendre.

— Allons-y.

On remonte vers le petit bois. Le cadavre a été enlevé. Fargo, pétrifié, fixe l'empreinte du corps de Lisa. Kellerman téléphone. Il est un peu plus gris. Il remonte en voiture avec ses hommes.

— À quel moment le corps a-t-il été trouvé, capitaine ? demande Sam.

— Il y a trois heures, par des pique-niqueurs. Ils ont prévenu la police de la route.

— On a une idée de l'heure de la mort ?

Fargo hausse les épaules.

— Il faut attendre l'autopsie, mais le légiste pense que ça ne fait pas plus de vingt-quatre heures.

Il rejoint la route. J'ai l'impression qu'il va avoir du mal à s'en remettre. Comme moi, comme Sam, comme tous.

Le retour est beaucoup plus long que l'aller ; nous n'échangeons pas trois paroles.

— Vous me laisserez à mon hôtel, Sandra, s'il vous plaît.

J'acquiesce et sors par la bretelle de Gilroy pour rejoindre la 101. La circulation est impossible et je conduis sans penser à ce que je fais. On met presque une heure pour se sortir de cette mélasse et une demi-heure pour rejoindre l'hôtel où loge Sam.

Il a choisi le Diamond, planté au milieu d'un parc arboré et qui est une sorte de réplique de la maison de Scarlett O'Hara. Il y occupe une jolie chambre avec un petit salon, et ses fenêtres donnent sur la baie.

Je ne sais pas ce que lui consent l'administration pour ses défraiements, mais ce doit être très loin du compte. Qu'est-ce qui l'oblige à se confronter à des chocs comme celui que nous venons de subir, ou à se frotter à des criminels aussi abominables que ceux qui ont tué Lisa, au lieu de s'occuper de divorces, d'escroqueries, de fraudes fiscales, confortablement installé dans un bureau situé au meilleur endroit de Beacon Hill, et rentrer le soir dans une spacieuse maison pour y retrouver une épouse aimante et des enfants qui l'attendent, comme dans les pubs T.V. ?

Je m'arrête devant le portail et coupe le contact. Je me sens poisseuse. Sam se tourne vers moi.

— Ça va aller ?

— Il faut.

— Un proverbe persan dit qu'on peut nouer un fil rompu, mais qu'il restera toujours un nœud au milieu. Ne laissez pas ce nœud vous cacher le reste.

— Vous savez, ce que je supporte le plus mal, ce n'est pas la mort, si injuste soit-elle, mais que des êtres comme ceux qui ont tué Lisa me donnent aussi envie de tuer.

Il sort et s'accoude à la portière.

— Embrassez Nina pour moi. Je retourne chez Fargo demain éplucher encore une fois le dossier.

— D'accord, tâchez de dormir.

Et c'est seulement en arrivant devant notre maison que je repense à Nina. J'avais peur qu'à trop l'espérer, elle ne soit pas là.

Sa jeep est dans le garage.

Je descends, m'engage sur la véranda et pousse la porte. Nina est assise dans son fauteuil, près de la baie. Devant elle, sur la table, fume une tasse de thé.

Elle pose son journal et se lève. Nous sommes à un mètre l'une de l'autre, et au fil des secondes je vois son regard se charger d'inquiétude.

— Un problème, chérie ?

La gorge serrée, je me jette dans ses bras. Nous nous embrassons passionnément. Elle se laisse tomber dans le fauteuil et je glisse à ses genoux que j'entoure de mes bras en y posant la tête.

On ne dit rien. On écoute le bruit de l'océan qui ne cesse d'aller et venir parce que lui a l'éternité.

Nina me caresse les cheveux. Sa main descend sur mon cou. Et c'est celui, brisé, de Lisa.

Elle enlace mes épaules, écarte ma chemise. Et je vois le torse maigre et souillé de Lisa.

Elle me relève le visage, baise mes lèvres, mon front, mes joues. Et je me souviens des lèvres de Lisa, légèrement ouvertes sur ses minuscules dents percées de deux vides.

Elle étreint mes bras, mes mains, et ses doigts sont serrés sur mes poignets comme l'étaient les liens autour des mains menues de Lisa.

Elle souffle sur mes paupières que je serre de toutes mes forces pour écraser le souvenir d'un œil à demi fermé sur un futur qui n'arrivera pas, et d'un autre rempli de terre.

Elle me presse contre elle, m'embrasse le buste ; et c'est celui de Lisa, souillé de nos péchés, et qui ne connaîtra jamais la douceur d'un pareil instant.

Il me faudra toute la force de mon amour pour repousser un petit être sans vie qui s'insinue malgré lui, s'impose et me brise.

PARC SANTA RITA

Pour un enfant de neuf ans la mort est une chose abstraite.

La première fois qu'Erwin l'avait rencontrée, c'était quand le hamster que leur avait offert leur mère fut retrouvé mort un matin dans sa cage.

Les trois enfants groupés autour étaient sûrs, du moins au début, qu'Alfred allait se réveiller, essuyer ses petites pattes l'une contre l'autre, couiner de plaisir en mangeant ses graines, et passer sa tête entre les barreaux pour recevoir leurs caresses.

Quand leur mère leur eut expliqué qu'Alfred était parti et qu'il ne reviendrait pas, un étrange sentiment de curiosité mêlé de chagrin les avait étreints, et c'est Lisa qui avait pris Alfred, l'avait enroulé dans un mouchoir brodé et était allée l'enterrer dans la cour.

Les premiers jours, les enfants étaient venus sur la petite tombe parler à leur copain, puis ils avaient oublié.

Mais Alfred n'était pas Lisa, et Erwin comprit ce matin-là ce qu'était la mort.

Quand leur bourreau revint après avoir abandonné le corps de sa petite sœur, il sut qu'il ne la reverrait jamais.

Errol, en le voyant surgir, eut un sanglot de terreur. Pas lui.

Parce qu'à partir de cet instant Erwin comprit que le contact de ses mains ne le ferait plus se recroqueviller d'horreur, que ce qu'il exigerait ne le ferait plus se rétracter comme un animal forcé; au bout de son calvaire, il y avait ce départ, cette disparition mystérieuse qui le mettait à l'abri.

— Quelle sale gosse ! Elle était tellement impossible que tout ce qu'elle a gagné c'est de rentrer toute seule chez elle avec un automobiliste qui a bien voulu la ramener.

Il avait préparé sa phrase et il la balança sur un ton qu'il voulait plaisant ; mais Errol continua de sangloter et Erwin de le fixer en silence.

Il en fut décontenancé, et reprit :

— Bon, alors, vous voulez manger ou pas ? C'est sûr que vous devez en avoir marre des conserves... Moi aussi j'ai envie d'un bon steak. Je vais m'en occuper.

Il s'approcha. Errol hurla. Mais il se contenta de les bâillonner.

— Tant pis pour vous, vous criez toujours comme si on vous écorchait. Je vais nettoyer vos poignets et vos chevilles. Attention, j'arrache.

Il examina les plaies à vif. La cheville d'Errol était si abîmée qu'on en voyait l'os ; autour, les chairs étaient blanchâtres et suintaient. Il grimaça et prit un liquide désinfectant.

— Oh, c'est pas terrible... J'en ai plus beaucoup. Je vais tamponner pour pas que ça coule.

Des fibres restèrent collées dans la plaie qu'il n'osa pas enlever pour ne pas faire crier Errol, et il serra encore trop un adhésif neuf. Il décolla les liens d'Erwin et nettoya ses poignets dont la peau nécrosée s'arrachait par lambeaux.

— Bon, maintenant, on va bouger. Je connais une cabane pour les randonneurs où on mange et on boit. On va y aller et je vous rapporterai des steaks, hein, ça vous dit ?

Il se sentait joyeux. Il s'était débarrassé de l'enquiquineuse qui rouspétait sans cesse. Drôlement mal élevée, la gosse. Il l'avait bien cachée et il expliquerait à Gil qu'il n'avait pas eu le choix, et, de toute façon, ça ne changeait rien, puisqu'il n'y avait que les garçons de commandés.

Il devrait les laver et les peigner pour qu'ils soient présentables, et pour ne pas énerver le Français.

Il n'aimait pas la façon dont ce type parlait à son frère.

Gil était un type épatant, plein d'idées, et qui le défendait, et ce type se moquait sans cesse de lui.

Jeffrey lui avait demandé pourquoi il le gardait, mais Gil s'était contenté de cligner de l'œil et il avait compris qu'il avait une bonne idée derrière la tête.

C'était vraiment un type épatant.

SALINAS, BAR BARBE Q., CHEZ TONY

— Hé, Gil, c'est pour toi. Tu prends ici ou en cabine ?

— En cabine. Allô ? Genosi ? Qu'est-ce qui s'passe ?

— T'as des nouvelles de ton frère ? attaqua le Corse à l'autre bout.

— Nan, j'devais pas, pourquoi, y a du nouveau ?

— Le nouveau, c'est que j'me suis pointé ce matin au parc et il était pas là.

— Comment ça, pas là ?

— Pas là. Ailleurs, en balade, pas là, quoi, merde !

— T'énerve pas, il a p't-êt' été faire un tour...

— Ouais... p't-êt' qu'il a emmené les gosses à Disneyland.

Gil essaya d'imaginer où avait pu aller son frangin. Jeffrey était plus naze qu'une rangée de bols, mais il l'écoutait.

— T'en fais pas, j'le connais, il a l'air distrait comme ça, mais il fait gaffe.

— Ah, t'appelles ça « distrait » ?

— Y m'écoute, c'est tout ce qui compte. D'abord, qu'est-ce tu lui voulais ? Y faut livrer la marchandise ?

— Bientôt. Mais pas où on devait aller. C'est trop chaud, on m'a dit. Moi aussi, j'trouve, c'est pour ça qu'c'est pas l'moment d'faire des conneries.

— Il a pas fait d'connerie. Il a p't-êt' été obligé de bouger. Faut pas oublier que c'est un parc public.

— Ouais, j'espère. Mais où on l'retrouve dans ce cas ?

— S'il a bougé, y m'téléphonera, c'est convenu. T'en fais pas, j'vais m'en occuper. J'te joins toujours au même hôtel ?

— Penses-tu, j'ai une suite au Marriot. Tu demanderas le penthouse, Ducon.

Gil resta avec l'écouteur en main.

Une houle de rage l'étouffa. Cet empaffé s'prenait pour un chef alors qu'c'était rien qu'un foutu gland. Tout ça parce qu'il avait trouvé c't'affaire vaseuse de snuff movie. Mais ç'que savait pas c'connard, c'est qu'en Californie on tournait les snuff movies avec des mômes d'immigrés, ou des fugueurs partis de Pétaouchnock, ou vendus par leurs parents qui n'en avaient rien à foutre que leurs lardons finissent empalés ou étranglés par un cinglé qui ne prenait son pied que quand il sentait la vie de ces morveux lui filer entre les doigts.

Mais enlever de vrais Américains, blancs de blancs comme ceux-là, c'était autre chose. Sûr qu'il y avait une clientèle qui ne bandait que pour des têtes blondes et à peau laiteuse. Que n'intéressaient ni le caramel ni le chocolat, parce que trop facile. Une clientèle de vieux débris superfriqués qui pour connaître le grand frisson étaient prêts à dépenser une fortune.

Il avait vu ça à San Diego, sans Jeffrey. Ça s'appelait *Les Amours de Tibère*, et ça se passait dans l'ancien temps. Le gars était habillé avec un drap qu'il appelait une « toge ». Y en avait un autre déguisé en soldat romain. Le vieux s'vautrait dans une baignoire et le soldat lui amenait les gosses qui étaient bizarres, et on lui avait expliqué qu'elles étaient droguées.

Le vieux demandait à la môme, une Chicano assez laide de cinq ou six ans, de le lécher partout. Après, il se branlait, et quand il était à point il essayait d'l'enfiler. Comme ça marchait pas, ça l'énervait, et il réclamait l'autre au soldat. Et ça r'mettait ça. À la fin, Gil avait regardé ailleurs parce que le vieux salopard avait chié dessus et les avait étranglées en gloussant de rire. Et c'est à c'moment-là qu'il avait joui. Dégueulasse... Il avait tout de même remercié le gars qui l'avait invité.

Il sortit de la cabine.

— Eh, Tony, tu m'prêterais les clés de ta tire ? J'dois aller r'trouver mon frangin.

Le tôlier hésita. Il tenait à sa Chevrolet, mais il se méfiait des réactions de Gil.

— T'en as pour longtemps ?

— Non, un aller-retour, deux heures, p't-êt'.

— Bon, mais fais-y gaffe, c'est une sensible et j'y tiens.

— T'en fais pas, l'gros, j'veillerai d'ssus comme sur ma fiancée, rigola Gil en raflant les clés que Tony avait déposées sur le comptoir.

Gil sortit. Tony se serait bien passé de l'arrivée de ce cinglé de Hunter dans ses murs. Ce gars-là n'apportait que des ennuis. Un vrai dingue. Et son jumeau, c'était pire.

Jeffrey arrêta le camping-car dans le parking du resto-halte, un chalet en bois avec une terrasse où les gens pouvaient pique-niquer à condition d'acheter les boissons au patron.

À l'intérieur, un comptoir taillé dans un tronc de séquoia coupait la pièce en deux. Accrochées au mur, des têtes de cerfs empaillés fixaient de leurs yeux vitreux des serpents entortillés sur des branches. Le reste de la décoration se composait de pubs pour la bière et les glaces, et au-dessus de la caisse étaient agrafées des pin-up des années cinquante.

Jeffrey s'assit au comptoir et commanda le plat du jour, un steak avec des pommes de terre.

Il était seul au bar. Une table était occupée par un couple en tenue de randonneurs avec un bébé qui dormait dans un couffin. Un siège de bébé dorsal était posé à côté du père.

Le steak était dur et les patates grasses mais ça lui parut délicieux.

Soudain, il se figea. Deux gardes forestiers venaient d'entrer. Ils s'installèrent au comptoir et ôtèrent leurs chapeaux de cow-boys. Ils n'étaient pas armés mais Jeffrey savait qu'ils gardaient toujours une carabine dans le coffre de leur voiture.

Ils plaisantèrent avec la serveuse et commandèrent deux plats du jour.

Il se remit à mastiquer. Il pensa au pistolet que son frère lui avait donné et qui était resté dans la boîte à gants, et regretta que Gil ne soit pas là.

— C'est à vous, le camping ?

Jeffrey ne répondit pas, et le garde reposa sa question.

— Oui...

Il avait la gorge nouée et les mains moites.

— Vous campez dans la forêt ?

— Oui...

Que lui voulait le garde ? Avait-il entendu les gosses crier ?

— Seul ?

Son collègue, absorbé dans une conversation avec la serveuse, ne s'occupait pas d'eux.

— Oui...

Le garde hocha la tête et attaqua son plat.

Jeffrey, tétanisé, fouilla dans sa poche, sortit son mouchoir et s'épongea le visage. Il dut se retenir pour ne pas filer.

— C'est à vous ?

Le garde venait vers lui.

— C'est à vous ? répéta-t-il en se baissant pour ramasser un étui en plastique marron.

Jeffrey était sûr qu'il voyait sa sueur dégouliner.

— Cet étui a dû tomber de votre poche...

— Je... je ne sais pas...

— Vous ne savez pas si c'est à vous ?

— Je... non... il faudrait... Oui, c'est à moi. C'est mon porte-cartes.

— Vous êtes sûr ?

— Oui, oui, j'ai dû le faire tomber en prenant mon mouchoir...

L'autre garde les écoutait en se curant les dents.

— C'est vous qui l'avez bricolé, votre camping-car ? demanda-t-il de sa place.

— Non... enfin... un peu...

La tête lui tournait et il avait envie de vomir. Il voulait s'enfuir et si on l'en empêchait, il tuerait.

Et pour ça, il n'avait pas besoin du .22. Il tendit la main vers l'étui.

Le garde hésita. Il n'avait aucune raison de demander à voir les papiers. Il s'était aperçu que l'étui était tombé de la poche. Il le lui rendit à contrecœur.

— Vous êtes en vacances ?

— Je... j'ai été malade.

— Hin, hin.

Le garde ne trouvait plus rien à dire. Il lança à son coéquipier :

— Ça m'a toujours plu, le camping. C'est ma femme qui est contre.

— Ah, ouais ? Moi, je préfère louer une maison.

Le garde regagna sa place et ils commandèrent des glaces.

Jeffrey se leva et gagna la sortie.

— Hé, même si vous n'avez pas aimé, faut payer, cria la serveuse. Sans blague !

Tout se figea. Les deux flics s'arrêtèrent de parler, le couple abandonna les niaiseries qu'il faisait avec le bébé, et le patron cessa de remplir les coupes de glace.

— Excusez-moi... je... excusez-moi, je ne voulais pas partir sans payer.

— Ouais, dit la serveuse en jetant un regard entendu vers les gardes.

Elle savait que ce client n'aurait pas filé comme ça mais elle voulait montrer à son patron qu'il ne fallait pas lui en conter.

Jeffrey revint en s'excusant et laissa un trop gros billet sans même vérifier son addition.

— Eh, vot'monnaie !

Déjà il cavalait vers le camping-car qu'il déverrouillait avant de grimper et de démarrer à toute vitesse.

— Drôle de client, grommela le garde qui n'avait pas aimé l'allure de Jeffrey et avait compris qu'il pétait de trouille.

Il aurait peut-être dû demander à voir l'intérieur du mobile home pour le cas où le gars aurait tiré un gibier interdit. Ce ne serait pas le premier à vouloir manger du daim en dehors de la saison.

— Ouais, drôle de client, renchérit l'autre en regardant le véhicule disparaître dans le sentier.

Gil sortit de la voiture en voyant arriver son frère.
Jeffrey arrêta le camping-car mais ne descendit pas.

— Ben alors, cria Gil, qu'est-ce tu fous ?

Jeffrey ouvrit lentement la portière et mit pied à terre.

— Ben, où t'étais passé ? Qu'est-ce t'as à faire cette tronche, t'as braqué une banque ?

— Non… non…

— Ah, bon, tu m'rassures. Mais pourquoi t'es pas resté là ? Le Français est v'nu ce matin et t'a pas trouvé. J'te dis pas c'qu'il renaudait.

Jeffrey était incapable de parler. La peur lui avait entortillé les intestins.

— Je reviens, dit-il en prenant le rouleau de papier dans la boîte à gants.

Le .22, avec sa petite gueule noire ramassée, reposait tranquillement.

— T'as la chiasse ? rigola son frère.

Il voulut ouvrir la porte du camping, mais elle était fermée.

Jeffrey réapparut.

— Ça va mieux ? Dis donc, t'es comme les gosses, toi. Au fait, comment ils vont ?

— Ça va.

— Alors, mont'e-les-moi.

Jeffrey hésita, tira une clé de sa poche et ouvrit la porte.

— Pousse-toi, grogna Gil en le bousculant et en sautant les deux marches.

Il s'arrêta, saisi par l'odeur. Les deux garçons étaient assis, nus, dans leurs excréments.

— Ben dis donc, tu pourrais les laver ! C'est une porcherie, ici. Si tu crois qu'on va toucher vingt bâtons pour ça ! (Il se tourna, furieux, vers Jeffrey.) Mais qu'est-ce t'as ? On te confie les mômes et voilà c'que t'en fais ! Ben, tu vas voir c'que va dire le Français, t'as intérêt à arranger ça, vite fait.

— C'est dur...

— Qu'est-ce qu'est dur ?

— C'est dur... c'est dur... de tenir... de tenir des garçons propres.

— Ah, c'est dur ? Ben j'croyais qu't'étais le spécialiste des garçons, justement, qu'tu les aimais ; alors, ma vieille, c'est comme ça que tu les aimes, en les laissant croupir dans leur merde ?

— Ils font sur eux sans prévenir...

Gil plissa les yeux. La voix de son frère avait changé.

— C'est pour ça qu'tu les as déshabillés ?

Jeffrey acquiesça.

— Et d'où tu v'nais ?

Jeffrey resta muet.

— J't'ai demandé d'où tu v'nais.

Il indiqua la forêt d'un signe de tête.

— J'me suis promené.

Sa voix avait l'acidité aiguë de celle d'un gosse de dix ans.

Gil se rendit compte que quelque chose clochait.

— Où est la fille ?

Jeffrey roula des yeux. Il le faisait quand il ne voulait pas répondre et cherchait à amuser son frère. Mais Gil n'avait pas envie de rire.

— Où est la fille ?

Jeffrey se tortilla.

— J'm'en suis débarrassé. Elle s'est cogné la tête.

Ce crétin l'avait tuée ! Qu'en dirait le froggy ? Est-ce qu'il avait eu l'intention de faire monter les enchères avec la môme ? Dans ce cas, il prendrait très mal la perte d'un capital.

— Qu'est-ce qui s'est passé ?
— Elle s'est cogné la tête.
— Toute seule ? Elle s'est cogné la tête toute seule, et elle est morte ? Qu'est-ce t'as fait du corps ?
— Il est bien caché.
— Où ?
— Bien caché.
Ce devait être vrai. Le parc était une jungle. On pouvait y passer des mois sans rencontrer personne.
Il examina les jumeaux. Ils étaient maigres, leurs yeux étaient creux et ternes. Leurs cheveux pendaient en mèches poisseuses.
— Putain, ils sont dans un drôle d'état !
Son frère prit un air buté qu'il connaissait bien.

C'était sa défense, à Jeffrey. Tout petit, quand sa mère le battait, il se contentait de recevoir les coups, sans rien dire. Même quand elle prenait la ceinture du père. Ce père qui les avait abandonnés à leur misère et qui l'avait rendue folle.
Il n'y avait jamais rien à la maison, sauf quand leur mère recevait un type ou un autre. Mais la population mâle de Bethany s'était lassée de sa crasse et de son mauvais caractère.
Un jour qu'elle était particulièrement brutale avec Jeffrey, Gil avait voulu s'interposer. Folle de rage, elle avait attrapé une barre de fer qui traînait et avait tenté de le frapper. Le garçon, qui arrivait sur ses quatorze ans, avait pris un couteau qui servait à décharner le gibier et l'en avait menacée.
Elle les avait jetés dehors et ils avaient traîné un mois avant de revenir sales et affamés vers leur maison.

— Qu'est-ce t'as fait avec eux ? Tu sais que ces gosses sont un capital ; tu le sais, crétin ?
— Pourquoi on va les donner ?
— Parce qu'ils valent vingt mille dollars. Ils vont tourner dans un film.
— Un film ? Comme acteurs ?

— Ouais, comme acteurs. Alors, tu piges qu'il faut qu'ils soient beaux.

— Qu'est-ce qu'ils vont faire ?

— C'qu'y vont faire ? J'en sais rien. Ça dépend de çui qui tournera. Le client a demandé deux beaux garçons blonds, et là j'vois que deux morveux crados qui puent. Enlève les bâillons.

— Y vont crier.

— Enlève les bâillons, j'te dis.

Jeffrey arracha le sparadrap. Les garçons hurlèrent.

— Pourquoi tu leur enlèves comme ça ?

— C'est mieux pour eux.

— Ah, tu crois ? T'as vu leur gueule ? On dirait des culs de singe. Il a raison, le Français, t'es vraiment qu'un con.

Jeffrey serra les poings. Gil exagérait de le traiter de cette façon. Il avait fait de son mieux. Pendant qu'eux se payaient du bon temps en ville il était resté terré à jouer les nounous. Qu'est-ce qui lui prenait, à Gil ?

Gil s'approcha des enfants qui se recroquevillèrent.

— Ils pètent de trouille, tu les as cognés ?

Jeffrey secoua la tête.

— Pas souvent, quand ils criaient, des claques.

— Des claques ? Et la môme, c'est aussi une claque qui l'a tuée ?

— J'ai rien fait, geignit-il de cette voix qui frisait les nerfs de son frère.

— Bon, ça va. Tu vas être gentil avec eux, hein ? Moi j'vais téléphoner au Français, lui dire que j't'ai retrouvé ; mais tu vas te planter ailleurs. Y a un promontoire à un mile d'ici, droit d'vant toi, près de la San Joachin, t'as qu'à t'y mettre. On va bientôt bouger. Ces mômes sont notre assurance. On va se palper vingt beaux billets et avec ça on pourra recommencer à zéro. D'après notre associé, on va plus à Los Angeles à cause que ça bouge un peu trop. Moi, j'm'en fous où on va. Tout ce que je veux, c'est livrer les mômes et palper l'pognon. Et, crois-moi, il en verra pas la couleur, de l'oseille. Mais pour ça, faut que ces lardons soient en bon état, tu piges ? Si on réussit ce coup, on sera dans le circuit, et des mômes on en trouvera des douzaines. Mais ceux-là, c'est une commande spéciale pour un grossium qui veut pas s'amuser avec des bâtons de réglisse. Il veut de beaux petits Américains, c'est pour ça qu'il les paie si cher. Tu piges, frérot ?

Jeffrey serra les lèvres. Pourquoi ce grossium pouvait jouer avec Erwin et Errol, et pas lui ? Qu'est-ce qu'il en saurait ? Erwin avait une peau tellement douce, et c'était si bon de le caresser entre les cuisses, jouer avec son petit robinet jusqu'à ce qu'il durcisse, et recommencer avec son frère... Il avait décidé qu'il n'irait pas plus loin. Une fois, seulement, il les avait tournés sur le ventre et avait caressé leurs petites fesses rondes jusqu'à ce qu'il sente la montée de sang chaud.

— T'as compris, tu vas faire c'que j'te dis ? Tu sais que j't'aime bien, frangin, mais faut m'obéir, d'accord ?

Jeffrey acquiesça.

— OK, j'vais m'rentrer pour téléphoner à l'autre. T'as besoin de que'que chose ?

— On voudrait plus manger de conserves.

— J'viens demain et j'te rapporte des trucs frais, ça va comme ça ? Et en attendant, tu les nettoies et tu mets de l'ordre ici. Si ça s'trouve, on va s'tirer fissa.

Il embrassa son frère et descendit de la caravane.

— Lave-toi aussi, tu cocottes. À un mile devant, le promontoire, tu peux pas le manquer, t'as pigé ?

Il agita la main et remonta en voiture. Sous le matelas de sa chambre il y avait le Sig et les chargeurs.

Faudrait qu'il soit rapide le moment venu pour se débarrasser de leur associé. Le mieux c'était de l'accompagner à la livraison et de lui piquer l'argent après. À eux deux, ça devrait pas poser problème.

PASADENA, N.O. DE FRISCO

Je suis réveillée. Une lueur rose anime l'horizon. Je dégage mon épaule de sous la tête de Nina et la regarde dormir.

Je n'ai rien dit de Lisa. J'ai laissé couler mes larmes et Nina les a recueillies. Mon cœur s'est allégé et mon corps s'est réchauffé. J'ai senti dans mes veines courir ce feu que Nina a toujours eu le don d'allumer, et nous avons échangé les signaux universels du désir amoureux.

Je me suis coulée en elle et elle m'a accueillie avec une fringale de naufragée. Nos corps ont redit notre amour et nos mains dessiné nos plaisirs. Nous avons basculé dans des draps dévastés.

Je me lève et vais vers la baie. À la surface de l'océan s'entrechoquent des lames argentées. De la passe de la Porte d'Or j'entends mugir les bateaux qui forcent le brouillard qui les engloutit. Contre la vitre s'inscrit le visage de Lisa.

J'enfile un peignoir et allume une cigarette. Le tabac pour moi est un médicament et j'en use comme tel. Au bout de deux bouffées, je l'écrase.

— Tu vas bien ?

Je me retourne vers Nina qui me regarde en souriant, appuyée sur son coude.

— Oui, je me suis soignée. Quelle heure est-il ?

— Six heures, dit-elle en jetant un coup d'œil vers la pendulette. Il y a longtemps que tu es réveillée ?

— Je ne sais pas, mais je suis en pleine forme.

— Je suis une bonne médecine, réplique-t-elle en riant et en sortant ses jambes du lit. Je nous prépare le déjeuner ?

— D'accord.

Il fait encore trop frais pour le prendre dehors et nous nous remettons au lit.

À huit heures quinze, le téléphone sonne. C'est Sam.

— Allô, je ne vous réveille pas ? Je crois qu'on tient quelque chose. Réunion chez Fargo dans une demi-heure.

Le bureau de Fargo a tout du P.C. de campagne. Des cartes de la région sont punaisées partout, et l'ineffable Kellerman, une baguette à la main, semble parti pour reconquérir la poche des Ardennes.

Il se tourne vers nous à notre arrivée, et, miracle, esquisse ce qui pourrait passer, avec de l'imagination, pour un sourire.

— Le mobile home et un des Hunter ont été repérés au relais des Daims dans le parc Santa Rita par des gardes forestiers.

— Bingo. Et pourquoi ne l'ont-ils pas arrêté ?

— Parce qu'ils s'en sont rendu compte une fois revenus au poste. Leur fax était en panne, ils n'avaient pas reçu les portraits-robots et l'avis de recherche. Ils nous ont immédiatement prévenus.

— C'est à quel endroit ? demande Sam.

— Là, indique la baguette de Kellerman. Il a filé. D'après le garde, il semblait terrorisé. Sur le coup, le forestier a pensé que c'était un chasseur illégal et il a regretté de ne pas lui avoir fait ouvrir son camion. C'est une chance, parce que d'après ce qu'on sait de ces cinglés, ça se serait terminé par un carnage.

— Quel frère ? demande Sam.

— Probablement le crétin.

— Et les enfants ? demandé-je.

— Il ne les a pas vus. Ils étaient peut-être à l'intérieur, ou peut-être ne les ont-ils pas.

— S'ils ne les ont pas… non, ils les ont. Je ne crois pas aux coïncidences. Vous pensez qu'ils sont encore vivants ?

Il écarte les bras et penche la tête vers moi.

— Tout dépend de ce qu'ils voulaient en faire. Nous savons déjà que ce n'est pas pour réclamer une rançon.

— Snuff movie, dis-je.

Les regards virent vers moi.

— Qu'est-ce qui vous fait dire ça ? demande Kellerman.

— Le physique des enfants.

— Ça n'est jamais arrivé, proteste Fargo. Les pauvres gosses qui servent à ces saloperies sont en général des mômes sans famille, des fugueurs, des enfants livrés à la prostitution, jamais des Bl… Enfin, j'en ai jamais vu qui étaient de famille bourgeoise… Je veux dire, qu'on enlevait à des gens qui pourraient porter plainte…

— Justement, et sans la piste du mobile home vous seriez toujours à attendre la demande de rançon. Les Sachs auraient pu hypothéquer leur maison, ou faire un prêt familial…

— Ils nous ont dit qu'ils n'avaient rien.

— C'est pour ça qu'on a pensé que ce n'était pas un rapt ordinaire, d'autant que personne ne les a contactés. Ce qui étaye ma théorie, achevé-je.

— On se fout peut-être complètement d'dans, souffle Fargo.

— On n'a rien d'autre. Je suis sûre que les enfants sont avec eux. Je le sens. Mais il faut se grouiller avant qu'ils ne s'en débarrassent.

— Vous laisseriez des gosses à un débile comme ce Jeffrey Hunter si vous deviez les monnayer ? objecte Sam.

— Je ne sais pas, dit Kellerman. Rien ne nous prouve qu'ils les ont…

— On n'a pas d'autre piste. Et n'oubliez pas que l'on a retrouvé la petite Lisa dans le parc.

Kellerman soupire et repose sa baguette.

— Washington doit nous envoyer un profil psychologique de ce genre de barjot, mais ça tarde un peu.

— J'n'ai jamais compris, dit soudain Fargo, ce qui fait agir ces fumiers qui prennent leur plaisir à torturer et à tuer des enfants. Pour les petits Sachs, étant donné qu'ils sont blancs et de bonne famille, le rapt a dû coûter bonbon. Quel genre de tordus sont-ils ? Qu'est-ce qui les excite ?

— Le contrôle, dis-je. Différent des tueurs de profession qui se donnent l'excuse de le faire pour de l'argent. Différent des serial killers incapables de résister à leurs pulsions ou qui pensent obéir à une mission divine. Décider la mort d'un être, c'est Néron incendiant Rome. Le pouvoir absolu. Le plaisir absolu.

— Il faut fouiller le parc, dit Kellerman.

— Vous connaissez sa surface ? Il faudrait des mois et une armée pour tout couvrir, objecte Fargo.

— Entre l'endroit où on a trouvé le corps de la petite et le chalet des Daims, quelle distance ? demandé-je.

Fargo hausse les épaules et s'approche de la carte murale.

— À peu près cinq miles, mais si on trace un rayon de cinq miles dans tous les sens... on peut essayer, conclut-il.

— Bon, dit Kellerman. Je téléphone à l'Agence. De combien d'hommes disposez-vous, Fargo ?

— Une trentaine, plus si je demande ceux d'Oakland et de Trenton... Mais j'sais pas si j'les aurai.

— Il nous en faut cent, coupe le G. man. J'en réclame autant. En attendant, barrages sur toutes les routes qui mènent au parc. Les hélicoptères ?

— Deux. Mais ils sont en service.

— Il nous les faut. Allez, on met tout ça en place.

Le téléphone sonne à ce moment et Fargo décroche d'un air excédé.

— Ouais. Quoi ? Quand ? Où ? Vous êtes sûr ?... Restez sur place, ne le lâchez pas d'un pouce, on arrive. (Il raccroche, un grand sourire aux lèvres.) Un inspecteur a repéré Genosi.

— Genosi ! s'exclame Sam. Bon Dieu, où ?

— Dans un hôtel du quartier de Tenderloin, le Barley. Il l'y a vu entrer. Le tôlier lui a dit qu'il était seul. Morgan, chambre 12.

— Je m'en occupe, dit Sam.

— Pas tout seul, objectent Kellerman et Fargo d'une même voix.

— D'accord, consent Sam. Pas plus de trois hommes. Plus moi et le gars sur place, ça fait cinq. C'est assez. Genosi est trop fort pour risquer la moindre erreur. Au-dessus, on contrôle moins. Combien d'issues à cet hôtel ?

— J'demande, dit Fargo en saisissant son téléphone.

Il parle deux minutes et raccroche.

— Une. L'échelle d'incendie est à l'arrière. Minable, comme endroit. Juste l'ouverture sur le toit.

— Parfait. Amenez-moi vos gars.

Fargo reprend son téléphone et appelle ses hommes pendant que Kellerman parlemente sur un autre poste.

On m'a oubliée, dans l'euphorie générale, et je m'installe pour prendre des notes.

C'est Woody qui va sauter en l'air quand je vais lui rapporter mon article. Je serai la seule journaliste sur les lieux. Par mesure de précaution, la presse a été tenue à l'écart de l'affaire d'enlèvement.

J'adresse mentalement un remerciement ému à Sam.

Il a suivi Fargo pour rejoindre les policiers qui vont faire équipe avec lui. Je sors pour le rattraper. Je croise Fargo qui me chope le bras.

— Pas un mot tant que tout ne sera pas fini. À présent, rentrez chez vous.

— Mais bien sûr, capitaine. Où est le lieutenant Goodman ?

— Pourquoi ?

— Heu... il a mon portable et j'en ai besoin.

— Dans la salle d'interrogatoire ; mais vous avez compris, rentrez chez vous. Goodman vous donnera l'exclusivité s'il le désire.

— J'ai bien compris, capitaine, ne vous en faites pas, je n'ai pas envie de recevoir un pruneau.

Il me fixe d'un air sceptique et décide de me croire.

— Très bien, c'est comme ça que je supporte les journalistes.

— Je pourrai faire une interview de vous avec photos quand ce sera terminé, capitaine ?

Il acquiesce d'un signe de tête et me lâche pour cavaler vers son bureau d'où Kellerman sort à ce moment-là. Ils discutent trente secondes, et Kellerman m'aperçoit.

— Hep, vous là-bas !

Il arrive sur moi à fond de train.

— Pas un mot sur l'opération avant sa conclusion. Je ne veux pas vous voir dans nos pattes.

— Le capitaine me l'a conseillé, sergent, et je suis d'accord.

Il semble surpris de ma docilité.

— Parfait, alors tirez-vous.

— Je pourrai faire une interview avec photos de vous et de vos hommes quand ce sera terminé ?

— Sûrement pas, rugit-il. J'veux plus vous voir.

— D'accord, sergent, ce sera comme vous voulez.

Il soupire et cavale après un de ses hommes.

— Hey, Borman, amène-toi, j'ai besoin de tout ton monde.

Puis Sam sort de la pièce où il s'était enfermé avec son équipe et que je n'ai pas quittée de l'œil. Il a l'air aussi tendu que les deux autres.

— Sam... Sam...

— Oui ?

Il semble étonné de me trouver là. Il m'avait déjà oubliée.

— Sam... heu... je vais avec vous.

— Sûrement pas.

— Sam, je ne bougerai pas de la voiture, je veux juste assister à l'arrestation de Genosi.

— Non. Je n'ai pas le droit d'embarquer des civils dans une action aussi dangereuse.

— J'étais seule à Boulder.

— Là-bas je n'étais pas responsable de vous. Vous aurez l'exclusivité, je vous le promets.

— J'ai besoin de prendre des photos.

— Non. Fichez-moi le camp ! Vous me faites perdre mon temps.

— On y va, lieutenant ?

L'interpellateur est un de la bande des trois qui vont aider Sam. Une espèce de mastard dans les paluches duquel le fusil à pompe ressemble à un pistolet pour dame.

— D'accord, on descend au garage. Deux voitures. Vous avez des fusils ?

— Oui, lieutenant.

Ils disparaissent dans l'ascenseur pour rejoindre le parking de la police, et je prends l'escalier pour rallier ma voiture.

Je trouve une contredanse sur le pare-brise. Je me suis arrêtée devant une bouche à incendie. Je la fous en l'air et me glisse derrière le volant. Je n'ai pas longtemps à attendre. Les deux voitures surgissent de la rampe du parking et je me dissimule précipitamment. Précaution inutile, parce que de partout jaillissent des voitures bourrées de policiers en armes qui s'éloignent en faisant hurler leurs sirènes.

Ce serait le moment de faire un hold-up en ville avec tous ces flicards occupés à courir derrière les frères Hunter.

Je manque laisser échapper Sam et son équipe. Ils ont branché leurs sirènes et j'ai un mal de chien à les suivre.

On descend Market à toute vitesse. Montgomery, la Troisième et la Quatrième sont traversées pied au plancher, et c'est un miracle qu'il n'y ait pas d'accrochages.

Sam est dans la première voiture et les deux flics de la seconde ne font pas attention à cette Volkswagen qui leur colle aux roues.

On arrive sur Howard et on vire à angle droit dans Mission District, et le décor change. Il change si bien que les voitures arrêtent leurs gyrophares. Ce n'est pas un coin à se faire remarquer, pour des flics, et Tenderloin n'est plus loin.

On dépasse Civic Center, remarquable par sa concentration de boîtes pornos et de bars louches où chacun vaque à ses occupations criminelles avec une belle tranquillité.

Les deux voitures s'arrêtent contre un trottoir et je me gare à une cinquantaine de mètres derrière elles.

Sam parle dans son module et je cherche des yeux le flic qui a repéré Genosi. Il y a du monde, mais je crois que le cinquième élément est ce clodo qui fume avec une mimique d'abruti, appuyé à un réverbère près de l'hôtel, qui semble être la halte obligée de ce que la ville compte de vermine à pattes et à jambes.

Un store déchiré bâche une entrée étroite lavassée en différents marrons. Les fenêtres où pendent des rideaux avachis ont plusieurs carreaux remplacés par des cartons. Faut vraiment que le Français soit aux abois pour qu'un caïd comme lui loge dans un tel cloaque.

Pendant que je me repère, une tête apparaît que je fais semblant d'ignorer. Dans le genre gueule de cauchemar, elle est au top. Mon visiteur tente d'ouvrir ma portière que j'ai eu le réflexe de bloquer. J'adorerais faire du shopping dans ce coin.

Si Sam ne se décide pas, j'y vais. Je n'ai pas de stratégie. Simplement, je fais mien le credo du journaliste qui est d'être au bon endroit au bon moment.

Je vérifie le chargement de mon Nikon, respire un grand coup et sors de ma voiture. Je lui adresse, avant de la quitter, un coup d'œil ému car je ne suis pas certaine de la retrouver. Je traverse pour couper à angle droit et ne pas passer près de Sam qui surveille l'hôtel.

Le clodo que j'ai repéré décolle de son appui et se dirige vers les voitures. Je ne m'étais pas trompée. On se croise sur la chaussée et je respire un fumet poissonné. Il est consciencieux dans son déguisement.

Feignant l'ivresse, il se penche sur Sam, qui, à ce moment, m'aperçoit, et sursaute. J'ai prévu la réaction et je suis déjà près de l'hôtel où je pénètre.

À un demi-mètre de l'entrée, un escalier monte à mi-étage jusqu'au bureau de… de quoi ? Un hôtelier ? Non. Au mieux, un égoutier.

Je grimpe les marches jusqu'au gardien des lieux. Il ressemble à son hôtel.

— Bonjour, je voudrais une chambre, dis-je aimablement.

Il m'examine sans comprendre. Je n'ai pas le look d'une toxico, d'une folle, et je n'ai pas l'air d'une criminelle en cavale. Alors, qu'est-ce que je fous là ?

— Qu'est-ce que vous foutez là ?

Ce n'est pas le cicérone qui m'a posé la question, mais Sam qui m'empoigne par les épaules et postillonne de fureur.

— Chut ! Vous voulez alerter l'autre dingue ?

Deux autres flics débarquent dans le petit carré de quarante centimètres où nous sommes déjà à trois, plus un comptoir déglingué, et le maître de céans écarquille les yeux comme des soucoupes.

— Allez faire votre boulot et laissez-moi faire le mien.

— Vous m'empêchez de le faire.

— Je reste là. C'est vous qui m'avez entraînée dans cette galère, et au bon moment il faudrait que j'aille me coucher ?

Il serre les mâchoires, mais s'il croit m'impressionner avec ça...

— Vous ne bougez pas d'ici. Je ne sais pas comment ça va se passer. JE NE VEUX PAS que vous bougiez.

— Ça va, ça va, j'ai compris.

Les deux flics attendent avec philosophie la fin de notre altercation murmurée.

— Quelle chambre, Morgan ? demande Sam. La 12, au premier ?

Le tôlier secoue affirmativement la tête. Il compte déjà la note que lui vaudra l'assaut. La réputation des flics à ce propos n'est plus à faire.

Sam sort son revolver. C'est la première fois que je le vois armé et je suis impressionnée. Il me lance un regard noir, monte lentement l'escalier suivi de ses deux sbires et ils disparaissent dans le tournant.

On n'entend pas un bruit dans l'hôtel à part celui de ma respiration et les craquements des marches sous les pas des flics.

Je les imagine de chaque côté d'une porte minable marquée 12, avec, derrière, un tueur fou qui n'hésiterait pas à couper sa mère en deux si la soupe était froide ; et mon copain, les deux mains crispées sur son .38 Smith et Wesson.

Soudain, le silence est brutalement rompu par une porte qui s'ouvre, la voix de Sam qui hurle « Police, tu bouges plus », une porte qui claque, des rafales de balles, des cris, une bousculade, encore des cris, et je me jette dans l'escalier.

Allongé de tout son long dans le couloir, le colosse au fusil à pompe baigne dans une mare de sang. À genoux, le second flic tire sans discontinuer. Plus loin, Sam, dans la position du tireur couché, s'efforce d'éviter le tir du collègue, et derrière la porte en miettes de la chambre 12 l'autre cinglé qui balance des rafales qui s'enfoncent dans les murs en faisant des cratères, ou ricochent en miaulant un chant mortel qui me plaque au sol, terrorisée.

J'entends une cavalcade et apparaissent le clodo et l'autre flic.

— Grimpez sur le toit, hurle Sam.

Les deux flics qui sont collés au mur comme du papier peint hurlent à leur tour.

— On y va.

Tous ont rechargé, et le fusil du flic indemne, mais imprécis, recommence à balancer ses projectiles plus ou moins vers la chambre de Genosi.

Sam lui crie d'arrêter, mais il faut un certain temps pour qu'il l'entende, et le silence qui suit est aussi effrayant que le boucan qui l'a précédé.

Ça pue la poudre brûlée ; une fumée âcre m'arrache la gorge et les yeux. Personne ne bouge. Puis Sam se redresse comme s'il souffrait d'un lumbago chronique.

— Comment est-il ? demande-t-il en s'approchant.

— Ce fumier a bien failli l'avoir, éructe le flic. Mais, quand même, il a p'us d'épaule.

— Appelez vite une ambulance.

Dans les étages supérieurs, on rejoue Monte Cassino. On sursaute. Ce n'est pas fini.

— Il est là-haut, hurle Sam, qui fonce dans le couloir, écarquille les yeux quand il m'aperçoit dans l'encoignure, et se jette dans l'escalier.

Le flic appelle l'ambulance et pose précautionneusement la tête de son copain sur ses genoux. Il est blanc-vert, et, à mon sens, prêt à dégueuler.

Je prends l'escalier à mon tour. Sam et les autres flics sont postés un étage plus haut.

— Sur le toit, faites gaffe ; il est coincé, ne prenez pas de risque. J'appelle des renforts.

J'arrive près de Sam et il me regarde comme s'il ne me reconnaissait pas. Ses mains tremblent au point qu'elles ont du mal à tenir le combiné. Il est blanc comme un drap et ses lèvres décolorées ont du mal à laisser passer les mots.

— J'ai un officier à terre. Le suspect s'est réfugié sur le toit. Il est coincé, mais on ne peut pas aller le chercher. Envoyez un hélico.

Il répète deux ou trois fois sa phrase comme si à l'autre bout il parlait à une académie de sourdingues.

Il monte jusqu'au troisième où sont embusqués les deux policiers qui n'osent pas, et je les comprends, s'approcher de la porte qui donne sur le toit où Genosi s'est planqué.

Puis je me rends compte que je n'ai pas pris une seule photo de la bagarre alors que j'ai risqué ma peau pour ça.

Je m'injurie, dégringole les marches, fusille avec mon Nikon les deux flics affalés dans le couloir, entends les sirènes stridentes des ambulances et celles plus acides des voitures de police, me poste sur le palier pendant que surgissent dans une cavalcade les ambulanciers précédés de flics que je mitraille, remonte vers Sam et ses hommes qui progressent vers la fatale issue, me jette à terre, Nikon braqué, tandis qu'à travers la porte arrive une rafale de balles qui transforment la tête du clodo trop avancé en une bouillie sanglante, et je tourne de l'œil.

SALINAS, CALIFORNIE, COMTÉ DE SAN BENITO

Gil, au comptoir de Tony, avale un bol de chili. La télé, au-dessus du bar, diffuse des infos muettes. C'est l'heure du déjeuner et l'établissement de Tony est à moitié plein.

Tony est un ancien voyou plus ou moins rangé des voitures. Il traficote ici ou là, mais rien de sérieux, plutôt pour garder la main. Des anciens tôlards, mais aussi des futurs, fréquentent son bar.

Tous savent que Tony est une balance. Seule possibilité pour lui de conserver son commerce. Ils ne lui en veulent pas, simplement ils font gaffe.

Gil regardait machinalement la télé.

Soudain, il sursauta. Un flic en civil parlait à des journalistes devant un hôtel. Derrière eux, des brancardiers sortaient une civière avec un corps dans un sac en plastique. Gil, reconnaissant l'hôtel, sentit ses cheveux se dresser sur sa tête.

— Eh, Tony, cria-t-il, mets le son.

Tony s'essuya les mains sur un torchon et tourna un bouton en maugréant. Tout le faisait maugréer, Tony. L'arrogance des jeunes voyous, la prétention des anciens, la cupidité des flics, la chaleur, le froid.

« Qui a été tué, lieutenant ? » demandaient les journalistes au flic qui ressemblait davantage à une gravure de mode qu'à un pied plat.

« Un officier en service. »

La caméra fit un zoom sur une femme assise à l'arrière d'une ambulance ; une couverture jetée sur les épaules, elle sirotait une boisson. Celle-là ressemblait à une actrice.

Il plissa les yeux. C'était quoi, une foutue prise de vue pour un film ou la réalité ?

« Qu'est-ce qui s'est passé ? » interrogeaient les journalistes.

« Nous sommes venus arrêter un dangereux criminel. Malheureusement, un policier a été tué et un autre grièvement blessé pendant l'assaut. »

« Qui c'est, lieutenant ? »

« Un Français soupçonné de plusieurs meurtres dans notre pays et de trafic de stupéfiants. »

Les flashs crépitèrent et le flic s'éloigna. Le speaker reprit la parole, mais déjà il était dehors.

Il s'appuya contre l'aile d'une bagnole pour réfléchir. Il tremblait sans pouvoir s'arrêter. Genosi s'était fait poisser et allait les balancer. C'était couru d'avance.

Sonné, il n'arrivait pas à mettre deux pensées bout à bout. Il pensa à son frère qui attendait en toute confiance avec les mômes. Il n'ouvrait jamais la radio du camion par crainte de l'abîmer.

Il aperçut les clés qui pendaient au tableau de bord de la voiture sur laquelle il était appuyé. C'était une petite voiture rapide, blanche. Elle appartenait à un des jeunes frimeurs qui étaient à l'intérieur.

Il jeta un œil sur le parking, constata qu'il était désert, ouvrit rapidement la portière, monta et démarra sur les chapeaux de roue. Il regarda dans le rétroviseur mais personne n'apparut.

Il sourit à la pensée de la gueule du pseudo-dur quand il s'apercevrait qu'on lui avait volé sa tire.

Il prit la route qui menait au parc Santa Rita. Ça faisait une sacrée trotte, mais il devrait avoir le temps de rejoindre Jeffrey avant que l'autre pourri ne s'allonge.

Dans sa tête, il imaginait leur itinéraire.

Dès que les flics apprendraient qu'ils étaient impliqués dans un kidnapping, ils leur mettraient le FBI aux fesses et ils devraient disparaître. Il pensa au Nevada et à Yosemite Park.

Il connaissait un gars à Chowchilla qui était bûcheron à Yosemite. Il lui raconterait un bobard et lui demanderait de les héberger dans un des nombreux refuges de la forêt. Ce type lui avait parlé de Cedar Grove, un ultime patelin à presque deux mille cinq cents mètres d'altitude où ne grimpaient que les dingues de l'escalade et les chasseurs, et dont l'unique accès était fermé l'hiver.

Il eut du mal à se dégager des embouteillages. Salinas était sur la route qui menait aux marinas qui pointillaient Monterey Bay, et depuis qu'un abruti de milliardaire y avait fait installer le plus grand aquarium du monde, les loquedus des cinq continents s'écrasaient le nez contre les vitres géantes. Pour y avoir fait ses classes de pickpocket, il connaissait bien.

Il voulut couper par Paicines et Tres Pinos où vivait une importante colonie mexicaine, mais les métèques fêtaient leurs saints et il devait y en avoir un paquet au calendrier car les deux patelins étaient asphyxiés.

Il se fraya un chemin à coups de klaxon et d'injures. L'avantage c'était que la police ne mettait jamais les pieds par là.

Il alluma la radio.

« … Dominique Genosi, de nationalité française, soupçonné de nombreux meurtres, de trafic de drogue et lié à la mafia, a été amené au Q.G. de la police pour y être interrogé. »

Il jura. Combien de temps cet enfoiré allait-il se taire ?

Il sortit de Tres Pinos et mit le cap sur Hollister pour rejoindre la 156. Avec cette foutue circulation il avait encore deux bonnes heures de route devant lui.

SAN FRANCISCO, Q.G.
DE LA POLICE. MARKET CENTER

Genosi est assis dans la salle d'interrogatoire, les avant-bras posés sur la table, les mains légèrement jointes. On attend son avocat et le représentant des services de l'attorney général.

Je rejoins Sam et Fargo qui, en compagnie de deux autres policiers, l'observent derrière l'habituelle glace sans tain. Sam se tourne vers moi.

— Comment ça va ?

— Ça va. Désolée d'avoir craqué.

Fargo me fixe d'un œil mauvais. J'imagine les trésors de diplomatie qu'a dû déployer Sam pour que je sois autorisée à assister à l'interrogatoire après ce qui s'est passé à l'hôtel. Ils ont risqué leur carrière à cause de mon insubordination. Si j'avais seulement été blessée, les autorités les auraient mis en pièces.

Je m'approche de la glace et observe Genosi. On dirait un employé de bureau ou un gardien de musée. Autant que je peux en juger il est de stature médiocre.

Les choses se sont faites si vite depuis le début que je n'ai pas eu l'idée de regarder sa photo. Il ressemble à Eichmann, le chef de gare de la solution finale ; à Bechner, le fou criminel de Boulder City. C'est là où on se fait avoir. On croit que les monstres ont la tête de l'emploi.

— Qu'est-ce que vous en pensez ? demande Sam.

Je secoue la tête.

— Et vous ?

Il hausse les épaules.
— Pas grand-chose. Je croyais être soulagé... je suis seulement fatigué.
Un flic ouvre la porte.
— Capitaine, l'avocat de Genosi vient d'arriver.
— O.K., je viens.
Quand il passe à côté de moi, Fargo s'arrête.
— Je vous aurai au tournant, Khan, n'oubliez pas.
— Capitaine...
Il sort et claque la porte derrière lui.
Je grimace.
— Ç'a été dur ?
— Hou là !
— Vous m'en voulez ?
— Non, je m'en veux. J'aurais dû me douter que vous n'en feriez qu'à votre tête. Je comptais sur votre trouille... Je n'ai pas compris qu'elle avait disparu.
— Non, elle était toujours là. Mais il fallait que je remonte à cheval.
Fargo entre dans la salle d'interrogatoire accompagné de l'avocat de Genosi.
Rien à voir avec son client. Physique de baryton : un torse rond comme une barrique et une barbe noire de spadassin.
Il serre la main de Genosi et s'assoit à ses côtés en prenant ses aises.
La porte s'ouvre de nouveau et entre le représentant de l'attorney général. La représentante, plutôt. La cinquantaine élégante. Cheveux gris relevés en chignon, maquillage discret, tailleur bleu-gris sur un chemisier blanc. Serait bien à sa place à la direction d'une boîte de chasseurs de têtes.
L'avocat et Fargo se relèvent et lui serrent courtoisement la main pendant qu'elle s'installe à côté de Fargo.
Sam dit :
— J'y vais.
Quelques secondes plus tard il pousse la porte.
— Je vous présente le lieutenant Goodman qui a procédé à l'arrestation de Dominique Genosi, annonce Fargo.

La représentante de l'attorney lui serre la main. L'avocat regarde Sam et incline la tête.

— Enchanté. Je suis Ettore Marcantoni, et suis en charge de la défense de Dominique Genosi. Mais vous, lieutenant, vous n'êtes pas dans votre juridiction, ou je m'abuse ? attaque l'avocat.

— Exact, maître, mais je possède les autorisations fédérales qui m'ont permis de procéder à l'arrestation de cet homme. J'ai travaillé sous l'autorité du capitaine Fargo.

L'avocat grommelle et fourrage dans sa serviette. C'est un retors, ça se voit immédiatement. Je pense à l'avocat de Latimer qui par une ruse de procédure a permis à son client de bénéficier d'un non-lieu. Ce Latimer, que j'ai tué.

Fargo, après avoir demandé d'un signe de tête l'autorisation à la substitut de l'attorney, procède à l'interrogatoire d'identité du prévenu qui répond par monosyllabes.

— Bien. On va pouvoir en venir aux choses sérieuses. (Il se tourne vers l'avocat.) Je vous lis les chefs d'accusation, maître ? Parfait.

« Votre client, Dominique Genosi, ici présent, est accusé par l'État de Californie d'avoir abattu son gardien, le sergent Stephen Barns, durant son transfert de la prison de Vacaville où il était incarcéré au Q.G. des forces de police de San Francisco ; il est également accusé d'avoir abattu Rosa Miller et de s'être enfui avec sa voiture au terme d'une action de police menée par le shérif Power contre un repaire de trafiquants de drogue dans une ville nommée El Macero. Il est accusé en outre d'avoir fait feu à plusieurs reprises sur le détective Brenner et de l'avoir tué, d'avoir grièvement blessé l'officier Carson actuellement en réanimation à l'hôpital Bellevue, alors que sous l'autorité du lieutenant Goodman ils étaient venus l'appréhender sur commission rogatoire délivrée par Mme le Juge Lanswer de la Cour de Justice de l'État du Massachusetts pour les meurtres présumés de huit personnes dont un officier de police dans l'exercice de ses fonctions.

Je suis fascinée. L'accusé, pendant la relation de ses exploits, n'a pas manifesté le moindre sentiment. Il s'est contenté d'examiner ses ongles. Son avocat regarde dans notre direction et je m'attends presque à ce qu'il nous balance un sourire.

— J'ai à peine eu le temps de lire le dossier, dit-il d'un ton léger, mais je me suis tout de même rendu compte que ces accusations ne reposent que sur des présomptions.

— Excusez-moi, maître, intervient Sam, mais pourrais-je savoir comment un avocat de votre renommée, sachant que le prévenu ne possède pas le moindre sou vaillant et que vos honoraires, pour être justifiés, n'en sont pas moins très élevés, se trouve ici ?

Marcantoni sourit largement.

— Votre souci en ce qui concerne mes honoraires me touche beaucoup, lieutenant. J'ai été contacté par un de mes éminents confrères de la côte Est qui m'a prié de bien vouloir assurer la défense de M. Genosi. Dominique Genosi, quoi que vous sembliez en penser, n'est pas n'importe qui. Il bénéficie de bonnes et nombreuses relations au sein du milieu des affaires. Et je sais qu'il était chez nous pour négocier l'exportation en France de machines à sous destinées à des casinos de son pays, et pas pour supprimer une partie de notre population, comme vous le laissez entendre. Pour l'instant, nous n'avons comme charges réelles que la mort malheureuse du gardien de prison. Nous en discuterons en temps utile, ainsi que de l'assaut donné à l'hôtel où résidait mon client.

— C'est le moment, rétorque Sam, d'une voix sèche.

— À ce sujet, lieutenant, je soulèverai deux objections, avec l'autorisation de madame la représentante de monsieur l'attorney général. La première : vous vous êtes introduits dans l'hôtel Barley sans mandat de perquisition. Vous avez agi sans vous soucier de blesser ou tuer d'innocents résidants de l'hôtel. Ce qui est un manquement aux règles de notre Constitution et à l'éthique de la police. Deuxièmement, mon client en sortant de sa chambre s'est trouvé face à trois hommes armés qui le tenaient en joue. Son réflexe normal a été de rentrer dans sa chambre pour se défendre. Jusque-là, on peut juste l'accuser de s'être servi d'une arme sans permis, mais en état de légitime défense.

— J'ai averti votre client que nous étions de la police.

— Mon client prétend que non, ou tout au moins qu'il n'a pas entendu. Ce sera sa parole contre la vôtre, mais je vois déjà un grave manquement aux droits du citoyen qui doit être expressément prévenu de ses droits à haute et intelligible voix, comme le veut la Loi.

— J'ai la parole de deux officiers avec moi.

— Un seul, lieutenant. L'autre, malheureusement blessé dans la confrontation, n'est pas en état de parler. Et je pourrai facilement démontrer que leur témoignage, compte tenu de ce qui s'est passé, peut être sujet à caution. Quant à cette Rosa Miller, c'est pure supputation. Il n'a pas été établi que mon client se trouvait dans ce bar au moment de la fusillade.

— C'est là-dessus que vous comptez établir votre défense, maître ? demande la représentante de l'attorney.

— Je n'ai pas encore décidé, madame. Pourrais-je vous demander de me laisser quelques instants seul avec mon client ?

Fargo consulte la substitut du regard. Elle se lève.

— Entendu.

Ils sortent, pendant que Marcantoni fait signe à Genosi de le rejoindre près du mur du fond. Ils nous tournent le dos.

Je rejoins Fargo, Sam et la substitut dans le couloir.

— Bonjour, madame, je m'appelle Sandra Khan du *San Francisco News*. Je suis ici à la requête du lieutenant Goodman avec qui j'ai suivi l'affaire depuis le début.

— Enchantée, me répond-elle d'une voix grave et bien timbrée, je m'appelle Margaret Simpson et je travaille au bureau du procureur. Je vous connais pour avoir suivi de près l'affaire de Boulder City. Dois-je m'attendre à vous retrouver dans toutes les affaires délicates, ou est-ce un hasard ?

— Un hasard, assuré-je. Le lieutenant Goodman est un vieil ami et quand il a été chargé de récupérer

Genosi, il m'a naturellement demandé de l'aider, étant étranger à notre ville.

— J'imagine qu'en échange de cette aide vous aurez l'exclusivité de l'affaire ?

— Nous n'en avons pas parlé, assuré-je.

Elle a un sourire qui en dit long sur la crédibilité qu'elle accorde à mon désintéressement.

— Mlle Khan sait être discrète quand c'est nécessaire, intervient Fargo avec un sourire gêné. Le fait est qu'elle nous a aidés dans cette enquête en étant la première à faire la relation entre les frères Hunter, Genosi et l'enlèvement des enfants Sachs, et en déterminant leur mobile.

— Quelle chance, répond-elle, ironique.

Je grimace un sourire mi-figue mi-raisin. Elle se tourne vers Sam :

— Que pensez-vous que va vouloir obtenir l'avocat de ce Genosi ? demande-t-elle.

— Si Genosi est impliqué dans le kidnapping des enfants Sachs, ce que nous ignorons toujours, et s'ils sont encore vivants, il va vouloir négocier, répond-il. Qu'en pensez-vous, capitaine ?

— Probable…

— Il ne peut tout de même pas s'en sortir ? soufflé-je.

— … S'il est prouvé que l'arme récupérée par la police a servi pour les meurtres des familles Grover et Bartaldi et pour celui de l'officier Changway, il est fichu. Cependant, le .44 a été trouvé dans la boîte à gants d'une voiture qu'avait volée Genosi. Trois possibilités de défense : a) Genosi peut nier que l'arme soit à lui ; b) il peut arguer que sans autorisation, les policiers n'avaient pas le droit de fouiller la voiture ; c) l'avocat pourra invoquer le cinquième amendement qui autorise un prévenu à refuser de témoigner contre lui-même. Dans ce cas, nous nous retrouvons dans l'impasse b), explique Margaret Simpson, trois doigts dressés.

— Bon Dieu, et s'il négocie, qu'est-ce qu'il aura ?

— Vingt ans, avec libération pour bonne conduite à la moitié.

— Pour onze meurtres de sang-froid.

Fargo lève les mains.

— Attendez, attendez… Il existe dans notre État deux critères qui caractérisent un homicide : « la mort de la victime et un agent criminel », qui peuvent être prouvés indirectement et par déduction, même dans le cas où l'on ne peut produire aucun cadavre et où l'on ne peut avancer aucune preuve directe du meurtre et même s'il n'y a pas d'aveux. Par conséquent, pour le meurtre du gardien, il est marron. Pour celui de Rosa Miller, il peut effectivement trouver des témoins qui jureront avoir fait un poker avec lui cette nuit-là à San Diego.

— Et son passage à Zamora ? objecté-je.

— Ouais, là il est mal parce qu'il a été reconnu. Mais est-ce que le barman voudra témoigner contre lui ? Rien de moins sûr. Et Zamora est à plusieurs milliers de miles d'El Macero. Rien ne relie les deux patelins à part la voiture de cette Rosa Miller. Si, comme l'a souligné madame la substitut, son avocat prouve que le .44 trouvé par la police dans la voiture volée l'a été illégalement, rien ne le rattachera aux crimes perpétrés dans l'État du Massachusetts. Bien plus, son incarcération à Vacaville peut être déclarée arbitraire. Ce qui peut lui donner des circonstances atténuantes pour le meurtre du gardien. L'arme qui a servi à tuer le détective Brenner et a blessé l'officier Carson est totalement anonyme. Numéro de série gratté. Genosi a déclaré l'avoir trouvée dans une poubelle. On l'a dans l'os. Alors on a tout intérêt à écouter ce qu'il va nous dire, achève Fargo avec un sourire jaune.

À ce moment, Marcantoni passe la tête par la porte de la salle d'interrogatoire pour les inviter à revenir. Il me regarde avec suspicion.

Genosi a regagné sa place, et tous se réinstallent autour de la table. Sam a l'air tendu.

— Mon client aurait des révélations intéressantes à faire, dit Marcantoni à Margaret Simpson, mais avant, il veut négocier.

— Des révélations concernant quoi ou qui ? demande-t-elle d'un ton volontairement indifférent.

— Des révélations concernant une affaire récente. Mais nous voulons savoir ce que nous obtiendrons en échange.

— Nous ne pouvons rien promettre sans savoir de quoi il s'agit, intervient Sam d'une voix dure. Votre client sera dans un premier temps jugé pour les crimes perpétrés en Californie, ensuite, il reviendra devant le Grand Jury du Massachusetts pour y répondre de ceux commis dans cet État. Épargnez votre temps, maître ; si votre client échappe à la chaise, les années de prison cumulées l'emmèneront aux alentours de l'an 2150. Que voulez-vous négocier ? Si Genosi est prêt à faire des révélations sur telle ou telle affaire, c'est une affaire entre lui et sa conscience.

— Laissons tomber la conscience, lieutenant. Je veux l'abandon des charges retenues contre lui pour ce que dira mon client.

— Il n'en est pas question, rugit Sam, ce type ne retrouvera jamais la liberté. J'ai un très bon copain qui repose à cause de lui dans le cimetière chinois de Boston et il a dix autres cadavres, dont trois enfants, à son actif.

L'avocat prend un air légèrement excédé.

— Vous n'avez aucune preuve, lieutenant, que nous ne pourrons infirmer. Cette enquête a été menée depuis le début en dépit de toutes les lois constitutionnelles. Il peut être condamné pour le meurtre du gardien de prison lors de son transfert à condition que soit recevable la plainte de l'État du Massachusetts ce qui, à l'heure où nous parlons, n'est pas établi... Pour le cas où elle le serait, il risque une condamnation entre huit et quinze ans par un jury sévère, libérable pour bonne conduite au bout de cinq ou huit. En ce qui concerne le meurtre de Rosa Miller, nous n'avons pour l'instant ni mobile, ni arme du crime, ni témoins.

— Nous avons un témoin, crache Sam.

Marcantoni hausse les épaules et le considère d'un air ironique.

— Ses révélations, c'est sur quoi ? demande Margaret Simpson...

— Nous ne dirons rien avant d'être certains que vous appuierez ma demande, madame, rétorque vivement Marcantoni.

— Vous savez parfaitement, maître, que je ne peux vous donner aucune assurance. C'est au jury populaire qu'il appartiendra de décider.

— Je le sais, madame la substitut, mais je sais aussi que si vous parlez au procureur de notre bonne volonté en ce qui concerne la vie de petits innocents, vous pouvez influencer le juge.

— Vous me dégoûtez, crie Sam en se levant si brusquement qu'il fait tomber sa chaise. Cette pourriture a assassiné de sang-froid onze personnes et vous voulez qu'on intervienne en sa faveur ! Vous êtes aussi répugnant que votre client, Marcantoni.

Sam est fou furieux. Fargo se penche vers l'avocat.

— Ce qu'a dit mon collègue reflète exactement ma pensée, maître, lâche-t-il, glacial. Accepter de défendre cette ordure contre de gros honoraires vous met tous les deux dans le même panier...

— Maîtrisez-vous, capitaine, rétorque Marcantoni d'une voix blanche. Je suis ici en tant que défenseur d'un prévenu, et pour autant que je sache, chacun a le droit d'être défendu. Je ne vous permets pas de m'insulter. Maintenant, si vous jugez inutile ou contraire à votre sens de l'éthique de tout faire pour récupérer vivants trois enfants, c'est à vous de voir. Si vous ne faites rien pour Genosi, je conseillerai à mon client de se taire sur ce qu'il sait.

— Deux, coupe Sam qui paraît avoir de plus en plus de mal à se maîtriser. Deux enfants, Marcantoni. La petite fille a déjà été tuée si nous parlons de la même affaire.

L'avocat accuse le coup et se tourne vers Genosi qui paraît aussi surpris que lui.

Je me suis crispée derrière ma vitre. Ainsi j'avais raison. Je regarde Sam, mais bien sûr il ne me voit pas.

— Parlez, dit Marcantoni à son client sans le regarder.

Genosi grimace comme s'il pesait le pour et le contre. Il réclame une cigarette à son avocat qui la lui donne et l'allume.

Le pire, dans ce genre d'individu, c'est l'absence totale de remords qu'il manifeste.

Genosi se racle la gorge et lance un regard appuyé à son avocat qui ne bronche pas.

— J'veux des assurances, dit-il en tordant la bouche.

— Je crois que votre client n'a pas bien compris, maître, intervient Margaret Simpson. Dès demain, je vais instruire son dossier pour le présenter à un Grand Jury qui l'entendra et choisira une date pour le faire passer en jugement. Il est étranger, et s'il dit qu'il ne comprend pas bien notre langue, on lui procurera un traducteur.

Genosi fixe Fargo d'un air ahuri.

— J'comprends tout, crie-t-il, et j'veux vous dire des choses qui vous feront récupérer des enfants qui ont été kidnappés. Mais pour ça, j'veux un avantage.

Sam se plie d'un coup vers lui et l'attrape par le col de sa chemise.

— Espèce d'ordure, l'avantage que tu vas avoir, c'est que ce n'est pas moi qui brancherai le courant. Alors, maintenant, si tu as des choses à dire pour qu'on récupère ces pauvres gosses que tu as volés pour les vendre à des salopards dans ton genre, tu parles tout de suite, parce qu'en tôle, on va te faire ta publicité, fais-moi confiance.

Sam a pété les plombs. Il secoue tellement le Français que l'autre claque des dents à s'en couper la langue. Marcantoni crie et gesticule. Fargo saisit Sam et essaie de le décrocher. Le flic de garde veut bloquer Sam par le cou. Moi et les deux flics, on regarde avec intérêt la scène de derrière notre glace et Margaret Simpson, la pointe des doigts jointe, s'est reculée sur sa chaise et donne l'impression d'assister à un spectacle.

Ça se termine par un nul. Genosi est plaqué sur sa chaise par le flic, Fargo entraîne Sam plus loin, et Marcantoni nous joue la scène du deux, à coups de trémolos et de barrissements indignés.

D'un index gros comme un cigare il menace Sam des foudres de la justice, citant pêle-mêle un certain nombre d'amendements censés protéger les prévenus contre les brutalités policières si contraires aux droits de l'homme.

Ce discours n'est pas fait pour calmer Sam qui tente, mais en vain, solidement maintenu par Fargo et l'autre flic, de repartir à l'assaut.

— Il a raison, murmure mon voisin immédiat, un trapu à tête chauve, faudrait les crever à la naissance, des tordus pareils, putain d'avocat d'mes deux !

Pour le coup, Genosi a perdu son arrogance. Il est tassé sur sa chaise, la tête rentrée dans les épaules à regarder voler les coups.

— Je vais porter plainte pour brutalités policières, hurle Marcantoni, nous ne sommes plus dans un pays de droit ; la police se couvre de honte, vous vous comportez comme la Gestapo.

L'amalgame fait de nouveau bondir Sam qui, cette fois, se jette sur l'avocat qu'essaient de protéger Fargo et l'autre flic.

— Putain, mais qu'on me le laisse, siffle le chauve, les yeux rivés sur la scène.

De l'autre côté du miroir, ça finit par s'apaiser. Mais, à mon sens, l'avocat a pris quelques coups au passage.

— Bon, ça y est, hurle Fargo, on se calme ? Faites ce que vous voulez, maître, portez plainte si ça vous chante, mais je vous préviens que vous aurez tous les flics de la ville contre vous et qu'il faudra pas laisser votre putain de bagnole à moins de dix mètres d'une bouche d'incendie ou de n'importe quoi d'autre. Maintenant, si vous voulez que votre client se sorte intact de sa préventive, il a intérêt à s'allonger, parce que moi, en tôle, j'pourrai pas le protéger contre ses copains de cellule quand ils apprendront pourquoi ce fumier a volé trois enfants d'une même famille. Même ceux qui découpent les gens en rondelles peuvent aimer les gosses, et j'peux vous affirmer que les potes du maton que ce tordu a massacré vont pas lui faire non plus de cadeau quand il débarquera chez eux. La peine de mort, elle est bien plus souvent appliquée entre tôlards que par l'État. (Il se tourne vers la substitut.) Je vous prierai de bien vouloir excuser cette pénible scène, madame la substitut.

Elle hoche la tête et réunit posément ses dossiers.

— Disons que j'étais sortie durant cette pénible séance, dit-elle d'une voix calme.

— Mon client est prêt à faire des révélations destinées à vous aider dans vos recherches concernant les enfants Sachs si on lui assure une vraie protection en prison et l'abandon des charges retenues contre lui dans l'affaire du kidnapping, déclare alors Marcantoni.

Fargo interroge du regard la substitut qui se lève et lui fait signe de la suivre dans le couloir. Sam les accompagne et je les rejoins avec les deux flics qui me collent aux basques comme du papier tue-mouches.

— Je suis d'accord, lâche Fargo. Qu'en pensez-vous, madame la substitut ?

Elle hoche la tête.

— Nous n'avons pas le choix si nous voulons avoir une chance de récupérer ces pauvres enfants.

— Je suis d'accord, dit Sam. Bon Dieu… j'ai été à deux doigts de l'étrangler sur place.

— Si au lieu du capitaine Fargo, ç'avait été moi, lieutenant, qui avais été là, j'aurais regardé ailleurs… Vous pouvez m'croire, dit le chauve.

Fargo le fusille du regard.

— C'est pour ça que tu resteras toujours un inspecteur de seconde classe, Tyler, et que moi je finirai chef de la police de Frisco.

— On y va ? coupe Sam.

— On y va.

Encouragé par son avocat, Genosi dit tout ce qu'il sait sur l'endroit où on peut trouver les enfants et les Hunter. Il déclare aussi ne pas avoir été au courant du meurtre de la petite fille, mais personne ne relève.

Et, coup de théâtre, alors que Fargo et Sam rangent déjà leurs notes et s'apprêtent à rejoindre leurs hommes dans la poursuite des Hunter, et que Margaret Simpson commence à prévenir Marcantoni des formalités qu'il devra suivre, Genosi, sans consulter son avocat, balance le nom et l'adresse de son commanditaire à San Francisco, un Chinois connu apparemment de Fargo dont le visage de baigneur s'éclaire d'un large sourire. Et avant que Marcantoni, dont le teint a viré au crayeux, intervienne, il enchaîne sur ses activités à New York et à Boston, et donne, négligeant les abjurations de son avocat, les curriculum vitae de ses employeurs de la côte Est en ne laissant aucun détail dans l'ombre.

Il crache les informations comme s'il vomissait.

Fargo, rouge d'excitation, vérifie plusieurs fois le magnétophone, tandis que Sam prend des notes à toute vitesse, ce que je fais aussi derrière ma glace.

Le Français se tait, et Marcantoni reste prostré sur sa chaise, incapable d'articuler un mot, tandis que son client paraît tout guilleret.

— Emmenez-le, ordonne Fargo au garde, et veillez à ce qu'il soit seul dans une cellule.

Genosi sort sans regarder personne, pendant que son avocat tente de récupérer son sang-froid.

— Votre client a été de bonne volonté, dit Sam avec un grand sourire... Je suis certain que la Cour appréciera vos efforts pour l'avoir encouragé à nous aider à arrêter les criminels.

Fargo, rayonnant, renchérit :

— C'est tout à fait mon avis, maître, et je suis certain que madame la substitut du procureur prendra acte, au bénéfice de votre client, des très intéressantes révélations que vous l'avez incité à faire.

De crayeux, le teint de Marcantoni vire au vert. Fargo et Sam viennent de lui confirmer son arrêt de mort.

Les truands new-yorkais qui l'ont chargé de défendre Genosi, ou plutôt de l'empêcher de parler, ne vont pas lui pardonner d'avoir failli.

Gil Hunter tenta d'insérer sa voiture entre une caravane et un van. Les trois files de la nationale étaient bloquées, à croire que toute la Californie s'était donné rendez-vous sur cette putain de route. Excédé, il prit la file de roulement prioritaire et se fraya un chemin à coups de klaxon pendant qu'il calculait le temps que mettrait Genosi à s'allonger.

Sur sa droite, apparaissaient les premiers contreforts du parc Santa Rita, et il zigzagua entre les voitures, indifférent aux jurons qu'il provoquait. Mais, alors que sa voiture fonçait, collée à la rambarde, les files se figèrent et il fut forcé de s'arrêter.

À quatre ou cinq cents mètres, un barrage de police bloquait la route dans les deux sens. Des voitures pie, placées en quinconce, gyrophares tourbillonnants, filtraient les véhicules pendant qu'une nuée de flics armés de fusils d'assaut ouvraient les coffres et contrôlaient chaque voiture.

Il jura et sentit son ventre se creuser de panique. Il jeta un regard autour de lui mais les visages ne reflétaient que l'ennui.

Il fit signe à la voiture voisine qu'il voulait couper la file. Le conducteur, un gros Noir entouré de toute sa famille, le regarda sans broncher.

— Eh, tête de nœud ! t'as compris, Blanche-Neige, je fais demi-tour. Pousse-toi, ou j'te bousille, toi et ta charrette.

Devant l'insulte, l'homme se raidit, mais ce qu'il lut dans le regard du voyou l'encouragea à obéir. Il fit signe à la voiture suiveuse de reculer et en fit autant.

Gil s'engouffra dans la brèche, frottant les pare-chocs du gros, passa une rapide marche arrière sur un mètre, et repartit à toute vitesse dans l'autre sens. Il espérait être trop loin du barrage pour que les flics l'aient remarqué, mais il n'avait pas le choix.

Il se souvenait avoir vu en venant une station essence flanquée d'une boutique. Un chemin de grande randonnée en partait. Il s'introduirait par là dans le parc.

Il mit une demi-heure pour y arriver et dut forcer la file montante pour tourner. Il était proche de l'explosion. Chaque minute resserrait les mailles du filet.

Il s'arrêta devant le sentier qui descendait raide au travers des taillis. Des familles de pécores glapissants flânaient sur le parking. Des chiens s'engueulaient, des mémés s'excitaient, des cars arrivaient et repartaient, personne ne faisait attention à lui.

Il descendit et entra dans le magasin pour acheter une carte du parc. Il en dégotta une qui lui parut parfaite. De la station, il n'était pas très éloigné de la planque de Jeffrey ; encore fallait-il que sa tire puisse rouler sur la caillasse.

Il remonta en voiture et étala la carte. Après avoir récupéré Jeffrey, ils s'enfonceraient à l'intérieur par une petite route qui croisait la A 152 à la hauteur d'El Nido, contournait Pastman Lack et arrivait à Yosemite Park entre Sugar Pine et Fish Camp. Pas plus d'une trentaine de miles en tout.

Il fit ronfler le moteur, passa la première, et le pied sur le frein s'engagea dans le raidillon. Les premiers mètres, il eut l'impression de ne pas contrôler la voiture ; puis la pente s'adoucit, il passa en seconde et lâcha le frein. Il se dirigeait nord-est, laissant la route sur sa gauche. Il aperçut les voitures immobilisées et leurs occupants dehors.

Il devait y avoir un sacré bordel là-haut, et c'était tant mieux. Ces cons de flics n'avaient même pas mis les sentiers sous surveillance, fallait qu'ils en traînent.

La voiture cahotait, raclait le sol ; quand il l'arracha à des retenues de terre qui l'immobilisaient, elle y laissa des plumes, et il eut l'impression de trimballer une série de casseroles.

Il sortait du sous-bois au moment où un hélico aux couleurs de la police surgit de derrière une colline. Il s'arc-bouta sur le frein pendant que l'engin tournoyait au-dessus de la lisière des bois puis reprenait sa route vers l'est.

Ç'avait été moins une. Il insulta le Français qui les avait balancés. L'ordure avait monté ce coup foireux et maintenant il leur faisait porter le chapeau.

Avec précaution, en surveillant le ciel, il s'élança en terrain découvert et ne se détendit que lorsqu'il s'enfonça sous les arbres.

Le brouillard s'épaississait. Les cognes et leurs foutus hélicos n'étaient pas près de les repérer. Il était rudement content de ne pas avoir indiqué la nouvelle planque à Genosi.

Le brouillard devint d'un coup si épais qu'il s'arrêta. Il ne devait plus être loin de la rivière San Joachin. Il fit le point sur la carte. C'était droit devant.

Au bout d'une dizaine de minutes, il freina brutalement pour ne pas emboutir le mobile home. Il arrêta le moteur et sortit en voltige de la voiture.

Jeffrey le regarda, bouche bée.

— Gil !

— Ah, putain, j't'ai enfin trouvé !

— Mais, qu'est-ce tu fais là ?

— On s'casse. Faut se magner, on a pas de temps à perdre.

— Pourquoi ?

— L'autre tête de nœud s'est allongé aux flics ; on a toute la poulaille de Californie aux fesses.

— Pourquoi ?

— Bon Dieu, tu piges pas ? J'te dis que ce fumier de Genosi nous a balancés, faut s'tirer fissa. Va prendre de l'eau et un peu de bouffe et on embarque.

— Mais où ?

Jeffrey ne bougeait pas d'un pouce, et Gil remarqua qu'il portait un récipient avec de l'eau et un chiffon.

— Qu'est-ce t'allais faire ?

— Laver les enfants.

— Où y sont ?

— Là.

Il suivit du regard la direction qu'indiquait son frère et aperçut les jumeaux.

— Bon, ben tu laisses tomber. Allez, on embarque.

— Je les laverai en route ?

— Quoi ? Non, mais tu déménages ! Y restent là, qu'est-ce tu veux qu'on en foute ?

— On les emmène pas ?

— T'es dingue.

— Mais y vont mourir.

— Qu'est-ce qu'on s'en tape ? Tu croyais quoi ? Qu'on les avait piqués pour en faire nos héritiers ?

Gil, du coin de l'œil, s'aperçut que l'un dormait tandis que l'autre les regardait.

— Alors, tu bouges, oui ou merde.

— J'veux prendre les enfants.

— Mais t'es taré ou quoi ? hurla-t-il en avançant vers son frère et en le secouant. Tu piges c'que j'dis ? On a les cognes aux fesses et tu veux t'charger d'eux ?

Jeffrey baissa la tête et prit un air buté qui lui fit monter une houle de rage.

— On a juste le temps de s'tirer et toi tu veux jouer les nounous ? T'es malade ?

Jeffrey serra les poings et Gil comprit que s'il ne changeait pas de tactique il allait au-devant de graves problèmes. Dès qu'il entendait crier, son frère se refermait comme une huître, et il n'était pas question, avec sa force d'anormal, de l'obliger à quoi que ce soit.

— Écoute, les flics vont les trouver ; ils ont bien plus de chance que si on les avait donnés aux tordus qui nous les payaient. Tu comprends ça ?

— Je veux qu'ils viennent avec nous.

— Mais regarde, t'en as un qu'est à moitié claqué et l'autre qu'est pas mieux. Tu veux les emmener à l'hosto ?

— Y sont pas malades.

— Non ? T'as raison, y sont presque morts. Bon, allez, on a assez perdu de temps, on embarque. J'vais chercher de l'eau et de quoi bouffer.

Gil grimpa à l'intérieur du mobile home en plissant le nez. Ça ne s'était pas arrangé depuis la dernière fois. De grosses mouches noires bourdonnaient en se tapant les saletés qui souillaient le lit et le sol. Il dégotta un bidon d'eau à moitié plein et trouva des boîtes de corned-beef dans le placard. Il empocha le .22 de Jeffrey posé sur le réchaud.

Il ressortit et trouva son frère en train de laver les gosses. Il réprima un mouvement de colère et alla placer ses provisions dans le coffre de la voiture.

— Bon, ça y est, t'as fini ?

— On devrait les prendre.

— Non, j'ai dit non, tu m'emmerdes à la fin. T'arrives ou j'te plante là ?

Jeffrey vint vers la voiture.

— Elle est à qui ?

— À moi, t'occupe, grimpe.

Mais il resta immobile, la cuvette d'eau sale dans une main, le chiffon dans l'autre.

— Ça y est, tu les as lavés ? Alors maintenant, on s'en va, dit Gil en faisant un effort pour se maîtriser.

— Je veux leur dire au revoir.

Gil pensa que si ce con n'avait pas été son frère, il lui aurait déjà déchargé dans le ventre un chargeur de son Sig.

— Alors, magne, accorda-t-il, sachant qu'il perdrait moins de temps qu'à discuter.

Jeffrey posa la cuvette et le chiffon et retourna vers les enfants. Il embrassa Erwin sur la bouche, passa la main sur la tête d'Errol qui ne réagit pas, resta quelques instants à les contempler et revint vers la voiture.

— Les flics vont pas les trouver, dit-il.

— Mais si.

— Pas avec ce brouillard.

Quand il le voulait, Jeffrey raisonnait bien.

— Eh ben, délie-leur les pieds et les mains, qu'ils puissent marcher.

— Ce sera pire, ils vont se perdre.

Gil croisa le regard de celui qui s'appelait Erwin et ne put s'empêcher de frissonner devant la haine qu'il portait. Il se demanda ce qu'avait bien pu leur faire son débile de frangin.

— Bon, c'est classé. Ils restent ici, et nous on se casse. Allez, monte, ordonna-t-il en se mettant derrière le volant.

Jeffrey grimpa à contrecœur dans la voiture.

— Elle est petite, on est mal assis.

Gil ne répondit pas et lança le moteur. Il eut du mal à passer les vitesses, qui protestèrent.

Il jeta un dernier coup d'œil en évitant le coin des enfants. Dans l'état où ils étaient, ils n'attendraient pas longtemps. On avait récemment réintroduit des lynx dans le parc.

Il alluma ses phares. À présent, fallait pas se gourer de route avec ce brouillard. Il donna une claque sur le genou de Jeffrey et écrasa le champignon.

La clairière disparut derrière eux.

SAN FRANCISCO, UNION SQUARE

J'ai moins d'une heure pour foncer au journal déposer la cassette de l'interrogatoire de Genosi avant de rejoindre, sur les chapeaux de roue, Sam et Fargo, qui vont donner la chasse aux Hunter. Kellerman est déjà sur place et la concurrence entre les polices va être serrée.

On sera le seul canard à couvrir l'histoire de A à Z. Je vais encore me faire des amis dans la profession. C'est fou ce qu'on s'aime dans ce métier.

Quand je suis revenue en petits morceaux du Nevada et qu'on m'a attribué le Pulitzer, beaucoup ont regretté que ce ne soit pas à titre posthume. Femme, juive et lesbienne, chaque catégorie d'« antis » pouvait s'y reconnaître.

J'arrive et fonce dans mon bureau, un placard entouré de vitres à mi-hauteur censées me séparer des autres. C'est le cadeau de Woody pour le Pulitzer.

Le problème, c'est que je n'ai pas le temps matériel de rédiger l'article, et je VEUX qu'il passe dans l'édition du lendemain matin.

Woody apparaît à cet instant, m'aperçoit au milieu des autres avec l'instinct particulier du prédateur si développé chez lui, et fonce vers moi en agitant des feuillets.

— Sandra, hurle-t-il, Sandra, tu arrives bien, je passe ce soir en « spéciale » ton reportage sur l'arrestation du Français ; je voudrais juste que tu revoies un truc.

— Pas question de revoir quoi que ce soit. Un, j'ai pas le temps, deux, il dit exactement ce qui s'est passé.

— Justement, le flic à la tête explosée, c'est trop dur.

— M'en fous ! patron ; j'ai dans cette cassette, dis-je en l'agitant à la manière du chiffon rouge sous les naseaux du taureau, l'intégrale de la confession de Genosi. Les meurtres, les commanditaires, l'endroit probable où les kidnappeurs des enfants Sachs se planquent. (J'adore sa façon de m'écouter, bouche bée.) Le problème : je n'ai pas le temps d'écrire l'article parce que je dois repartir pour l'hallali. Les flics vont choper les Hunter, et je vais les rejoindre. Je voudrais que ce soit Lipkovich qui l'écrive.

Lipkovich, qu'on appelle Lipko, est un géant à la Falstaff. Il avait douze ans quand il a soutenu le siège du ghetto de Varsovie. Envoyé à Auschwitz, il s'en évade au cours d'un commando de travail, traverse toute la Pologne et rejoint les partisans de Tito avec qui il finit la guerre. En 1946, il part en Palestine et participe à la bataille de Jérusalem en 1948, fait la campagne de Suez en 1956, vient en France en 1963 où il se taille une très bonne réputation d'artiste peintre, fonde une famille, et débarque avec elle aux États-Unis dans les années soixante-dix.

Il travaille au *San Francisco News* comme rédacteur depuis cinq ans. Un monde à lui tout seul.

— Mais c'est toi qui dois l'écrire, m'objecte Woody, c'est toi qui le signes.

— Je sais, j'ai pas le temps. Patron, soyez sympa, faites ce que je vous demande.

— Mais pourquoi Lipko ferait ça ?

— Parce que c'est un mec bien et qu'il sait que moi aussi. Vous en faites pas, c'est une histoire de famille. Je veux que ça passe à l'édition de demain. Les lecteurs vont suivre ça comme un feuilleton. Un : repérage des voyous. Deux : enquête pour les retrouver, eux et les gosses. Trois : arrestation de Genosi. Quatre : ses aveux. Cinq : arrestation des frères Hunter et, avec de la chance, retour des deux enfants Sachs dans leur famille. C'est pas génial ?

Woody me regarde comme Nicholson dans *Vol au-dessus d'un nid de coucou*.

— Tu vas avec les flics cavaler après les frères Hunter ?

— Je viens de vous le dire. Bon, maintenant vous êtes sympa, vous me lâchez parce que je dois récupérer un photographe, Harvey en l'occurrence, et passer quelques coups de fil.

Je prends mon directeur de rédaction par le coude et le pousse hors de mon placard. Et cette grande saucisse se laisse faire.

Woody, c'est le surnom que je lui ai donné peu de temps après être arrivée ici. D'un, parce que contrairement à Woody le Grand il n'a aucun humour. De deux, parce que comme l'autre, il a passé une bonne partie de sa vie sur un divan d'analyste à se demander pourquoi il n'était pas heureux avec les femmes alors qu'il les aime tant.

C'est son seul point commun avec mon idole new-yorkaise. Il se nomme en réalité Salvatore H. Finley Perrepi, son papa et sa maman ont vu le jour du côté de Naples, et il est long comme un jour sans pain et frisé.

Je prends mon téléphone et appelle Nina qui doit avoir le sang qui se change en boudin depuis que j'ai disparu.

Elle décroche à la moitié de la première sonnerie.

— Allô !

— C'est moi... dis-je d'un ton guilleret.

— Toi ? Où es-tu ?

Son ton n'est pas guilleret.

— Au journal. Ma douce, je suis entre deux reportages fabuleux. J'ai trente secondes pour te dire que je t'aime et de ne pas m'attendre ce soir.

— Qu'est-ce qui se passe ?

Elle a dû se souvenir que je suis fragile nerveusement, et elle radoucit sa voix. Ce qui me rappelle que ça fait bien trois jours que j'ai oublié de prendre mon Prozac et que je ne m'en porte pas plus mal.

— Toujours l'affaire Genosi. Je suis avec Sam sur un coup fantastique. Prépare les petits fours pour un second Pulitzer.

— Qu'est-ce que tu racontes ? Comment te sens-tu ?

— Superforme. Lis le journal.

— J'ai lu. Qu'y a-t-il de nouveau ?

— Tu le verras demain matin.

— Pourquoi, tu ne seras pas là demain matin ?

— Heu... peut-être. Écoute, créature de rêve, je file rejoindre Sam. Tout baigne, je t'embrasse.

— Eh, attends... dis-moi...

Je raccroche avant d'être obligée de lui raconter ma vie. Nina est une grande anxieuse ; si elle sait que je participe à la battue pour coincer les deux affreux, elle risque l'eczéma géant.

Harvey passe la tête au-dessus des vitres.

— Vous m'avez demandé, patronne ?

Ça, c'est tout Harvey. C'est le garçon le plus laid, le plus timide, le plus formaliste que j'aie jamais rencontré. Une image synthétisée de rat de bibliothèque et d'enfant de chœur. Naturellement, je ne suis pas sa patronne, mais ça lui plaît de dire comme ça.

Sa tête frôle les plafonds, il est bâti comme une aiguille à tricoter et porte des lunettes aux verres épais comme des fonds de bouteilles. Mais il faut le voir dans l'action.

— Harvey, remplis tes poches de pellicules, prends ton meilleur appareil, et suis-moi.

— Tout est là, patronne.

— Alors, en route, et m'appelle pas patronne.

— D'accord, patronne.

PARC SANTA RITA, RIVE EST DE LA SAN JOACHIN

Erwin écouta longtemps décroître le bruit du moteur bien après qu'il fut devenu inaudible. Il ne ressentait rien. Aucun soulagement. Rien. Couché contre lui, Errol avait les yeux fermés.

À cause du brouillard, Erwin ne voyait pas au-delà du gros arbre à double tronc.

Il n'était pas peureux. Moins qu'Errol, qui exigeait qu'on lui laisse une veilleuse dans sa chambre. Et qui même parfois venait le rejoindre dans son lit.

Maman expliquait à papa et aux amis qu'Errol était très imaginatif et s'inventait des mondes à lui, tandis qu'Erwin avait les pieds sur terre. Les pieds sur terre. C'était le même genre d'expression qu'employait maman à propos de leur tante Rose. « Il faut être très gentil, parce que tante Rose n'a plus tout à fait sa tête. »

Il vit que son frère avait la langue qui pointait entre les lèvres. Il l'appela doucement. Il ne bougea pas. Il recommença plus fort en jetant des coups d'œil autour de lui.

Le « sale bonhomme » pouvait ne pas être loin.

Il leur avait déjà fait le coup de se cacher.

Quand il réapparaissait, c'était pire.

Il pensa que son frère était malade et que ce serait bien que maman soit là.

L'image de sa mère, bien qu'il fût un petit garçon très courageux, lui fit venir les larmes aux yeux. Il aurait tout donné pour la voir. Mais comme il avait « les pieds sur terre », il savait que c'était impossible.

— Errol, Errol, réponds-moi, IL est parti.

Mais Errol ne répondit pas, et Erwin s'inquiéta.

Il lui caressa le visage. Mais ses liens étaient si serrés que ses doigts ne ressentaient rien.

Il se tortilla pour soulager ses fesses appuyées à même la terre. Il était incapable de se rappeler s'il avait mangé. En tout cas, il avait faim et soif.

Le « sale bonhomme » avait disparu une partie de la journée et quand il était revenu il les avait mis dehors et avait passé son temps à nettoyer la carrosserie du camion.

Il écouta son frère. Sa respiration avait changé. On aurait dit qu'il respirait dans un sac comme quand Lisa avait eu une maladie qui les avait empêchés d'aller la voir. Ils l'entendaient au travers de la cloison haleter comme une petite vieille.

Des branches craquèrent. Il ferma les yeux.

Le « sale bonhomme » était parti avec l'autre, mais il pouvait très bien revenir…

Erwin frissonna.

À tâtons, il essaya de délier ses chevilles, et, sans plus de résultat, de détacher les poignets de son frère.

Errol avait la bouche ouverte et sa peau était froide.

Dans le camping-car il y avait des couvertures. Il devait aller les chercher. Sa petite sœur y serait déjà allée.

Il ouvrit les yeux, se tortilla et réussit à se redresser. Sa tête lui tourna au point qu'il eut envie de vomir.

Entre les arbres noyés de brouillard traînaient des ombres.

Si maman avait su où ils étaient, elle aurait apporté des chaussures et des vêtements. Elle craignait toujours qu'ils prennent froid.

Il attendit que cesse son vertige et comme dans les courses en sac qu'il faisait sur la plage avec son frère et sa sœur, il sauta à pieds joints jusqu'à la caravane. Il écouta, le cœur au bord des lèvres.

La porte était grande ouverte, il grimpa à quatre pattes.

Il mourait de soif et il se traîna jusqu'au robinet de l'évier. Un peu d'eau coula qu'il lapa.

Errol aussi devait avoir soif.

Il ouvrit les placards pour trouver de quoi manger mais ne découvrit qu'un morceau de pain tellement couvert de fourmis qu'il fit un bond en arrière. Il s'accroupit contre la paroi. Il avait si peur qu'il serait resté là s'il n'y avait eu son frère dehors.

Il vit un couteau de cuisine posé sur la paillasse.

Il était grand et affûté. Le genre de couteau dont se servaient les méchants dans les films qu'il regardait avec Errol.

Il le prit en pensant au « sale bonhomme ».

Il rampa jusqu'à la porte. Le souvenir d'une recommandation de maman concernant les objets coupants lui revint en mémoire. Il le retourna et descendit les marches en fer sur les fesses.

Il avait oublié les couvertures mais il avait trop peur pour retourner. Il revint s'asseoir près de son frère.

Il cacha le couteau entre ses jambes repliées et appuya la tête sur ses bras.

PARC SANTA RITA, ROUTE DE FIREBAUGH

Gil comprit que cette fois c'était foutu.

À force de conduire à l'aveuglette, la bagnole s'était empalée sur un morceau de rocher planté au milieu du chemin. Il sortit et tapa rageusement sur la carrosserie.

Jeffrey, resté assis, se pencha vers lui.

— Qu'est-ce qui y a ?

— Sors, va falloir marcher.

C'était bien le moment que ce tas de tôle les laisse en carafe ! Bien la bagnole d'un de ces cons de glandeurs, un de ces foutus frimeurs qui draguent les filles en comptant sur l'allure de leur tire.

Jeffrey s'extirpa et regarda son frère avec étonnement.

— Où on va ?

Il avait oublié les enfants. Il était content de se balader dans la forêt avec Gil.

— Où on va, où on va ? Où veux-tu qu'on aille, tête de gland, sinon se planquer ?

Jeffrey ne répondit pas et passa sa main sur l'aile de la voiture. Il se demanda s'il avait fermé la porte de leur mobile home. Il l'espérait, à cause des malveillants qui voudraient voler leurs affaires.

Gil sortit le bidon d'eau et remplit un sac avec les boîtes de conserve.

— Tiens, tu vas porter le bidon.

Jeffrey s'en saisit et pensa que ce n'était pas le moment d'inquiéter Gil avec cette histoire de porte restée ouverte.

L'aîné chargea le sac sur son épaule en se disant qu'il se trimballait tout ça pour pas grand-chose. Dès qu'ils seraient sortis de cette foutue forêt, ils pourraient se ravitailler. Et à Chowchilla il y avait son pote qui les hébergerait.

— C'est pas trop lourd ?

— Non, répondit joyeusement Jeffrey.

Gil examina autour d'eux. Il faisait aussi sombre que dans le trou du cul d'un nègre. Fallait faire gaffe à pas se casser la gueule. Les cognes devaient avoir les mêmes problèmes. Probable qu'ils allaient remettre la poursuite au lendemain.

Il avisa un énorme tronc d'arbre couché en surplomb du chemin. Il laissa tomber sa charge et grimpa lestement dessus. Derrière, il y avait une grande cuvette de sable. L'endroit idéal pour passer la nuit.

— On va camper ici. On a oublié de prendre des couvrantes, mais tant pis, on se serrera.

Jeffrey posa le bidon.

— Non, monte-le là-haut, on va bouffer et dormir. Demain, on marchera toute la journée et on arrivera chez mon pote. J'crois bien qu'on va s'en sortir une fois de plus.

Jeffrey lui sourit. Bon sang, que c'était bon de retrouver Gil.

PARC SANTA RITA, CARREFOUR DES CHÊNES

Fargo et moi rejoignons Kellerman à la voiture P.C. radio où nous examinons les cartes.

Si les frères Hunter sont dans cette jungle, ça ne va pas être facile de les retrouver. Fargo doit penser la même chose si j'en juge par les plis qui barrent son front. Il n'y a que Kellerman qui semble optimiste.

— La garde nationale est arrivée. Ils vont se déployer selon ce périmètre, indique-t-il sur la carte. Deux mètres entre chaque homme.

— Avec ce brouillard, objecte Fargo, il vaudrait mieux qu'ils se tiennent la main.

Kellerman ne répond pas et continue de jouer les Clausewitz.

— Vos hommes vont monter vers le nord et les fédéraux vont se rabattre sud-ouest. Ce sera comme un râteau, pas une feuille morte ne nous échappera. Dès que la visibilité le permet, on envoie les hélicos. D'accord, Fargo ?

— Ouais… répond Fargo qui doit se dire comme moi que les feuilles mortes risquent d'être les enfants.

— Bon. Lieutenant, vous suivez avec le capitaine ?

— C'est ça, marmonné-je.

Je n'aime pas Kellerman et ça se voit. C'est le style d'homme incapable de se remettre en question. On lui a appris à sa fameuse école de Langley que la chasse aux fuyards se faisait en cercles et il ne s'interroge pas une seconde sur ce que les deux cinglés risquent de faire des enfants. À la limite, ce n'est pas son problème. Lui doit mettre la main sur les Hunter.

— Ce que je proposerais plutôt, dis-je, c'est de partir du chalet des Daims et de les repousser vers l'est. Si on examine la carte on constate que leur seule possibilité de fuite c'est de se dégager en direction de Madera County vers Yosemite.

— Et alors ?

— Il faut leur laisser suffisamment de large pour qu'ils aient envie de se débarrasser des enfants.

— Vous rigolez, c'est une marchandise trop précieuse pour qu'ils l'abandonnent, objecte le G. man.

— C'est aussi un sacré boulet. N'oubliez pas qu'ils sont très jeunes et sûrement plus très en forme. Si les Hunter atteignent les limites du parc, ils déboucheront au niveau d'El Nido ou Chowchilla. De là, n'importe quel routier les amènera à Yosemite Park où ils pourront passer le restant de leur vie. Regardez la 140, elle y arrive directement.

Kellerman se gratte la tête.

— Moi, je dis qu'ils vont monter vers le nord avec les gosses. Quand on est poursuivi, le réflexe normal c'est d'atteindre un territoire connu où on peut trouver de l'aide.

— Non. Ils savent parfaitement qu'ils n'ont aucune chance de s'en tirer de cette manière.

— Si vous avez raison et que vous leur laissiez de la corde, vous allez les paumer.

— Mais si on les étrangle, ils tueront les garçons.

— Qu'est-ce que vous en savez ?

— Ils n'ont rien à perdre. Même si on récupère les enfants ils seront exécutés pour le massacre de Dunnigan. Ils le savent.

— Et vous voulez leur laisser la possibilité de se sauver ? suffoque Kellerman.

Je suis plus grand que lui, mais il est tellement dressé sur ses ergots que la différence s'annule.

Nous nous mesurons du regard comme deux primates aux muscles gonflés, et pendant ce temps il y a dans cette forêt deux pauvres gosses qui crèvent de trouille, s'ils sont encore vivants.

C'est dans ces moments-là que mon copain Archie, de Boston, me manque. Archie frise les soixante-quinze hivers. Il a connu, adolescent, les clubs de vacances nazis, s'en est sorti sans comprendre pourquoi ni comment et, derrière son comptoir où il sert les meilleurs delicatessen de la côte Est, peut, du raisonnement le plus tordu, extraire la logique comme une perle d'un tas de fumier. Pour ce faire, il se sert indifféremment de la réflexion la plus matérialiste ou du Talmud. Arrivé à ce point de la discussion il nous aurait mis d'accord, Kellerman et moi, en nous expliquant comment récupérer les enfants d'après la psychologie des criminels. Du moins, je me l'imagine.

Mais ce n'est pas le vieil Archie qui arrive à cet instant, mais Sandra, ma copine pitbull.

Comment elle nous a retrouvés au milieu de la pagaille qui règne est un mystère. Et qu'a-t-elle inventé pour qu'on la laisse passer alors que la meute des journalistes et des télés est tenue à distance en est un autre.

Kellerman sursaute et la foudroie du regard.

— Qu'est-ce qu'elle fait encore là ?

Fargo se contente de jeter un coup d'œil, de hausser les épaules dans un geste désespéré, et de replonger dans la lecture de la carte.

Sandra est tout sucre quand elle s'adresse au fédéral.

— Agent Kellerman, je suis chargée par les services de presse du gouverneur de couvrir la capture des frères Hunter par vos services. Mais pour ne pas vous gêner, je partirai avec le lieutenant Goodman avec qui j'ai l'habitude de travailler, et, si vous êtes d'accord, c'est vous qui me fournirez le récit de la capture des Hunter. Est-ce que ça vous convient ?

Le culot de cette rouquine est phénoménal. Qu'est-ce que les services de presse du gouverneur ont à faire là-dedans ? Elle a dû inventer ce bobard en arrivant. Et le plus fort, c'est que cet idiot, sensible à la flatterie ou au regard émeraude de Sandra, se ramollit sous nos yeux comme un molosse aux dents découvertes à qui on file une côtelette.

— Faites comme vous voulez, mais n'entravez pas notre action.

Sandra le gratifie de son sourire Hollywood.

— Je vous en suis très reconnaissante, agent Kellerman.

Comme tape-cul, on ne peut pas trouver mieux. Le chauffeur de la jeep où j'ai pris place avec Sam et Harvey la pilote comme un coureur de Minneapolis. Je me rappelle les statistiques de la dernière guerre concernant le nombre des victimes de la voiture, supérieures à celles des batailles.

Le brouillard qui jusque-là entravait les recherches vient de se lever. Du coup l'opération « Furet » est décidée malgré la nuit tombée.

En deux coups de cuiller à pot on arrive au chalet des Daims où Fargo installe son P.C. On le rejoint, et il nous montre sur la carte le cercle qu'il a tracé autour du restaurant.

Le patron du boui-boui est planté sur le seuil, les mains sur les hanches ; sa serveuse, en minijupe, qui doit entamer le second versant de la soixantaine, à côté. C'est leur jour de gloire.

— On va se déployer comme ça, indique Fargo. En bagnole, tant qu'on pourra, ensuite, à pinces. (Il se tourne vers moi et Harvey.) Vous deux, j'veux pas vous voir ; dès qu'on aura repéré les tordus, vous disparaissez. J'veux pas qu'vos collègues me mettent en pièces parce que vous aurez morflé une balle perdue.

— Ne vous en faites pas, capitaine, réponds-je, toutes dents dehors, si on morfle une balle, comme vous dites, vous aurez droit aux honneurs des unes et une motion de félicitation.

Il me fixe d'un air ahuri.

Quand cette histoire sera terminée je lui refilerai mon Prozac.

Fargo grimpe dans une jeep avec trois hommes, et Sam et nous deux dans la nôtre. Je me penche vers le chauffeur, un joli petit brun aux yeux de cocker.

— Si vous pouvez, caporal, éviter, autant que faire se peut, les gros trous, je suis sûre que mon postérieur vous en sera reconnaissant.

Il rougit en imaginant peut-être ce que serait la reconnaissance dudit.

— J'vais faire de mon mieux, marmonne-t-il.

Et il fonce dans le premier cratère qu'il trouve, ce qui nous fait décoller, Harvey et moi, qui sommes à l'arrière, d'un bon mètre.

On s'enfonce dans les sous-bois. D'autres voitures bourrées de policiers nous collent le train. Au-dessus de nous, un hélicoptère troue les ténèbres de ses projecteurs. Les cabots des maîtres-chiens font un tel vacarme qu'il couvre le bruit de l'hélico.

Je garde l'espoir qu'on récupère les enfants. Je ne peux tout simplement pas imaginer me retrouver face à leurs petits cadavres comme le jour où on est tombés sur celui de Lisa.

Le chemin est malaisé ; heureusement que la lune s'est mise de la partie, sinon je crois qu'il y a longtemps qu'on serait à pied.

Les jeeps sont des voitures fantastiques qui se jouent des obstacles, simplement on n'a rien prévu pour les occupants assis dedans. Je plains Harvey en équilibre sur les pointes qui lui servent de fesses, mais à son habitude il est impassible et s'occupe seulement de protéger ses appareils des chocs.

Sam se retourne.

— Ça va ?

— Ça va.

Il hoche la tête et change de position.

— Je crois qu'on serait aussi bien à pied...

Il n'aurait pas dû dire ça, car à cet instant la jeep de Fargo lance un hurlement, se cabre comme un cheval piqué par un taon, puis s'immobilise.

Fargo saute à terre pendant qu'un flic fait de grands gestes des bras pour ordonner aux autres voitures de stopper.

Il vient vers nous.

— Fin de la partie portée, à partir de maintenant, on marche.

Je descends. Harvey prend des photos. Fargo discute avec un gradé et part avec Sam.

Les flics sont habillés de combinaisons sombres et armés de fusils d'assaut. Ils sont silencieux et crispés.

La brigade canine est descendue, et les chiens, comme leurs collègues à deux pattes, attendent paisiblement les ordres.

— Belles bêtes, dis-je en me dirigeant vers eux.

Pas de réponse des maîtres, pas plus que des cadors. On n'est pas là pour badiner.

Sam revient en courant et s'adresse aux policiers.

— Le capitaine Fargo attend la première et la deuxième section. Déploiement en tirailleurs, un mètre de distance entre chaque homme. Fouillez les fourrés, tout le terrain doit être couvert. Les chiens devant. Départ dans une minute, vérifiez votre armement. N'oubliez pas que ceux que nous recherchons sont armés et très dangereux. Ils ont des enfants en otage, alors ne prenez aucun risque et ne tirez pas sans ordre. Si on vous tire dessus, abritez-vous. Pas de questions ?

Il n'y en a pas. Les chefs de section répètent les ordres en criant et les flics se déploient. Les maîtres-chiens se tiennent sur la ligne de départ et, au signal, s'élancent en avant.

Heureux de travailler, les chiens tendent leur laisse et bondissent en aboyant. À chacun d'eux leur maître a fait renifler un vêtement appartenant aux petits garçons. Sam nous rejoint.

— Vous restez en arrière avec le photographe. Vous avez entendu ce qu'a dit Fargo, dès qu'on est au contact, vous vous abritez. Votre vie vaut davantage qu'un article ou une photo.

— Reçu cinq sur cinq, lieutenant.

— Oui, comme pour l'hôtel.

Ça me fait drôle de participer à une battue. C'est comme un lynchage, et je ne suis pas à l'aise. Sam a sorti son arme et l'a vérifiée. C'est normal, mais comme pour la veille à l'hôtel Barley j'ai l'impression de découvrir un homme que je ne connaissais pas.

On marche à l'aveuglette et je me tords les pieds ; je ne suis pas la seule. J'entends des jurons que les chefs de section font taire.

Harvey est collé à mes basques et a bien pris déjà dix rouleaux de photos. Si Fargo et Sam imaginent qu'il va se planquer au moment de l'action, ils se fourrent le doigt dans l'œil. Harvey est capable d'exiger d'un rhinocéros en furie qu'il prenne la pose.

Ça fait une grosse demi-heure qu'on marche d'un bon pas et je commence à me demander si Genosi ne nous a pas menés en bateau. Sam revient vers nous.

— D'après la carte, on devrait maintenant se diriger est-est et croiser un chemin de grande randonnée. La Garde nationale est au nord et Kellerman remonte sud-ouest. Tout le périmètre est bouclé.

— S'ils se déplacent dans le mobile home, ils sont sur une route. Ce type de véhicule ne peut pas rouler sur les chemins que l'on a empruntés en jeep, objecté-je.

— À mon avis, ils sont à pied. Impossible pour eux de continuer en voiture, ils savent que les routes sont surveillées. Ils vont chercher à se faufiler pour traverser la San Joachin et atteindre de nuit les limites du parc. Derrière, c'est la liberté.

— Vous pensez que les enfants sont vivants, Sam ?

Il hausse les épaules sans répondre et regagne sa place à l'avant.

Je suis fatiguée. On patauge à l'aveuglette. Ces salauds peuvent être n'importe où et on joue les émules de Baden-Powell.

Je commence à comprendre l'énervement du flic du commissariat. Quelques bonnes baffes dans la gueule de Genosi, comme au bon vieux temps, et il nous lâchait l'info sur la planque des Hunter. Au lieu de ça il a négocié comme dans un souk de Damas.

J'entends soudain des aboiements et des cris. On cavale et on tombe sur Sam et Fargo, qui, entourés de leurs hommes, sont arrêtés devant un éboulis de rochers. Sur la gauche j'aperçois le mobile home... et les enfants.

L'un est assis et cligne des yeux sous la lumière brutale des torches. Il tient un couteau, et des lambeaux d'adhésif pendent de ses poignets et de ses chevilles. Son frère est allongé contre lui. Il ne bouge pas.

Les chiens, fous de joie, jappent à perdre haleine. Nous, on contemple, muets, l'hallucinant spectacle.

Sam réagit le premier et fonce.

— Vite, des couvertures, appelez le médecin, des infirmiers, dépêchez-vous. De l'eau, donnez-leur à boire, pas trop... Là, ça va, ça va aller, les enfants, on est là, vous ne craignez plus rien... On est là... on va vous ramener chez vous...

Comme dans un bobino remis en marche, tous se précipitent. Fargo hurle des ordres dans sa radio, l'hélicoptère fait demi-tour, les flics cavalent. Sam tient un des enfants dans ses bras et dirige les opérations.

Harvey mitraille la scène, tandis que je sors enfin mon magnéto.

Ce ne sont pas des cadavres, mais ce n'est pas loin. L'antenne médicale qui suivait déboule, et les toubibs et les infirmiers examinent les enfants et préparent les seringues et les perfusions. Celui qui est inanimé semble inquiéter le médecin. Je m'approche avec précaution.

— Vite, une perf. Il est complètement déshydraté. Sérum physio 9/00, glucose 50/00 en direct. Comment est le tien ? demande-t-il à son confrère.

— État d'épuisement avancé, multiples contusions, plaies infectées aux poignets et aux jambes, bradycardie, déshydratation, état de choc. Faut tout de suite les évacuer. Appelez l'hélicoptère, dit-il à Fargo qui transmet aussitôt les ordres. Et toi ?

— Moi, c'est moche, faut faire vite. Le pouls est faible, fuyant. Mêmes contusions et infections des plaies, peut-être un enfoncement du thorax, déshydratation grave.

Les enfants sont enveloppés dans des couvertures isothermiques et placés dans des sortes de berceaux tandis que l'hélico de la police se pose un peu plus loin.

Les infirmiers cavalent vers l'appareil en prenant soin de ne pas bousculer leur charge. Ils montent avec leur précieux fardeau et les médecins, et l'hélico s'envole aussitôt.

Le faîte des arbres se courbe et l'appareil disparaît derrière la colline. Sam le suit du regard. Je m'approche. Il me fixe, les yeux fous.

— Vous avez vu ce qu'ils ont fait aux enfants ? dit-il d'une voix sourde. Vous avez vu dans quel état ils ont mis ces pauvres gosses ? En quelques jours ils les ont transformés comme les nazis le faisaient des nôtres...

Je me souviens des photos de ces trois enfants. Heureux, bien portants. Normaux. Et ce que je vois est le résultat de l'ignominie des hommes quand ils ne sont plus humains.

Je regarde la crosse du pistolet de Sam qui passe sous sa veste.

Je crève de ne pas avoir une arme.

Gil leva les yeux. Pas de doute, c'était un hélico. Instinctivement il se recroquevilla et tapa sur la tête de Jeffrey.

— Planque-toi.

Ils venaient de finir de manger ; Gil avait allumé une cigarette qu'il éteignit aussitôt.

— C'est quoi ? demanda Jeffrey qui n'avait pas entendu.

— Un hélico. Les cognes sont tout près. Fais pas de bruit.

— Y vont pas nous trouver ?

— Nan, y fait noir. Enfin, j'espère qu'y vont s'arrêter pour la nuit. Mais avec eux, on sait jamais. Ça serait bien s'ils avaient retrouvé les mômes, ça les calmerait.

Jeffrey pinça les lèvres et regarda les étoiles au travers des branches d'un des grands arbres sous lesquels ils étaient abrités.

— Tu crois qu'on devrait partir ?

— J'sais pas. J'sais pas où sont ces pourris. Et moi y m'faut des repères pour me diriger, j'ai pas une tête en forme de boussole.

Jeffrey soupira. C'était dommage cette histoire de flics. Il serait bien resté à contempler les étoiles. Il en connaissait quelques-unes par leur nom et les nomma à voix basse.

Gil rampa par-dessus leur abri. L'hélico s'était éloigné.

— À mon avis, y vont reprendre leurs recherches demain matin. Nous, on sera partis avant.

— Si tu dis que tu sais pas par où…

— Ouais, mais j'préfère encore bouger. Toi qui t'y connais, où elle est l'étoile du Nord ?

Flatté, Jeffrey se redressa, regarda l'ensemble du ciel et pointa le doigt vers une étoile.

— Là, la plus brillante, tu la vois ?

— Ouais, j'la vois. Bon, alors si le nord est là… l'est… l'est…

— Par là.

— T'es sûr ?

— Oui, oui.

C'était le moment de s'tirer. Les cognes avaient dû perdre leur trace. Z'étaient tellement glands.

— Bon, ben on va bouger. Prends juste le bidon d'eau.

— Où on va ?

— Voir un copain qui nous cachera le temps qu'il faut.

— Je le connais ?

— Ch'ais pas. J'l'ai connu à Concord, t'étais là ?

Jeffrey réfléchit.

— Non, quand t'es parti à Concord, moi j'étais en prison, rappela-t-il avec un léger reproche dans la voix.

— Ah ouais, à cause de la fille de Murray. Ben mon salaud, tu l'avais bien arrangée. Allez, on calte.

Ils redescendirent de leur perchoir et se mirent en marche vers ce que Jeffrey pensait être l'est.

La nuit s'était rafraîchie mais ils marchaient d'un bon pas. Parfois, l'un trébuchait sur une racine ou une souche, et si c'était Gil, éclatait un juron.

Jeffrey portait le bidon sur son épaule et chantonnait doucement. Il semblait avoir le pied plus sûr que son frère et ne pas sentir la fatigue.

Au bout d'un moment, Gil s'arrêta.

— Attends, on souffle.

Docile, Jeffrey posa son bidon.

— T'as soif ?

— Ouais. File-le-moi.

Gil pencha le bidon et but à grandes rasades. Il était essoufflé et regrettait de ne pas avoir pris meilleur soin de sa forme.

— Putain, si on s'en sort, j'ferai du jogging ; allez, on les met.

Gil essayait de se guider sur l'étoile. Il n'était sûr de rien et craignait que les flics aient encerclé le parc. Si seulement ils avaient r'trouvé les mômes.

Soudain, il trébucha, et tomba lourdement en avant dans un trou. Il jura et ressentit une douleur aiguë à la cheville.

— Gil, cria Jeffrey derrière lui, où tu es ?

— Ici, gueula son frère. Merde, ma cheville !

Jeffrey rappliqua et s'accroupit.

— T'as pas vu le trou ?

— Ben si j'l'avais vu, j'serais pas tombé d'dans ; oh, putain, mon pied !

— Fais voir.

— Aïe, tu fais mal, t'es dingue, tortille pas comme ça.

— Mais j'veux voir si c'est cassé.

— Cassé, ducon, comment tu veux voir ? T'es toubib ? Allez, aide-moi à m'rel'ver.

Gil se remit debout, mais en posant son pied droit au sol, il cria de douleur.

— Ah, non, merde, c'est pas vrai.

— T'as mal ?

— J'ai mal à pas poser le pied par terre.

— J'vais te porter.

— Me porter ? pendant dix heures ?

Jeffrey hocha la tête. Il ne savait plus quoi faire.

Gil souleva son pantalon et descendit sa chaussette. L'articulation avait doublé de volume en quelques minutes. Il se sentit brusquement à bout. Tout avait foiré depuis le début. Une vraie poisse.

Le parc devait grouiller de flics, le doigt sur la gâchette, et lui, à cause d'une putain de cheville, était bloqué. Même si Jeffrey l'aidait, les autres auraient tôt fait de les rattraper. Il savait même pas s'ils étaient dans la bonne direction.

— Je crois bien qu'on va faire une halte plus tôt qu'on le pensait, hein, frérot ?

Jeffrey haussa les épaules.

— Si t'as mal...
— Ouais, j'ai mal. Et toi, ça va ?
— Ça va.
Il regarda autour de lui. Le trou dans lequel il était tombé était profond et entouré de troncs abattus. C'était le travail des bûcherons. Il pensa à son copain de Chowchilla qui lui parut être loin.
— Tu sais quoi ? On va s'installer ici et les attendre. Qu'est-ce t'en penses ?
— Si tu veux...
Si les flics devaient les rattraper, autant pas les faire trop courir pour les mettre de mauvaise humeur, pensa Jeffrey.
— Tu vois ce tronc ? Tu peux le faire rouler jusqu'ici ?
— Il a l'air lourd.
— Très lourd, mais t'es très fort. Regarde cette branche, elle me paraît assez solide pour faire un levier. Tu sais quoi ? tu la glisses en dessous le tronc pour le faire rouler, tu pourras ?
— Peut-être... je la mets où ?
— Là, de l'autre côté. Tu soulèves la branche et ça devrait faire bouger le tronc. C'qui serait bien c'est qu't'amènes l'arbre tout près, tu vois ? Comme ça on serait drôlement bien abrités.
— Et les flics nous verront pas ?
Gil haussa les épaules.
— P't-êt'. Sinon on pourra les canarder bien à l'abri, qu'est-ce t'en penses ?
— Ouais, ça me semble bien, répondit Jeffrey en glissant la branche sous le tronc et en la soulevant.
La lourde souche ne broncha pas immédiatement, et il dut peser de toutes ses forces pour qu'enfin elle consentît à se décoller du sol. Quand enfin le tronc fut assez près, il était en nage, mais Gil semblait satisfait.
— Ben, mon petit père, tu nous as fait une véritable forteresse. Allez, viens t'installer. On n'a que d'l'eau à picoler, mais on a qu'à s'dire que c'est d'la Bud. Tiens, prends ton flingue. J'ai des munitions pour toi. Tu sauras t'en servir ? Oublie pas de relever le cran d'arrêt quand tu tireras.

— On va tirer ?

— Peut-être. T'en fais pas, j'te dirai.

Gil s'installa confortablement, s'arrangeant pour surveiller la piste entre le tronc et le rebord du trou. Sa cheville le faisait salement dérouiller, et il craignit que leur chemin ne s'arrête là.

Jeffrey s'assit à côté.

— Tu veux une sèche ?

— J'ai jamais fumé.

— Justement, c'est p't-êt' le moment d'savoir c'que c'est.

Riant, et vaguement gêné, Jeffrey prit une cigarette que son frère lui alluma.

Il se mit à tousser comme un perdu à la première bouffée. Gil éclata de rire et lui passa un bras autour des épaules.

— Ah, t'en es un, toi, de drôle, pas foutu de fumer à ton âge.

Jeffrey continua de pomper la cigarette en toussant.

— Allez, laisse, tu vas vomir tes poumons si tu continues.

Jeffrey ne se le fit pas dire deux fois et écrasa son mégot.

— Tu t'souviens, dit Gil au bout d'un moment, quand on jouait dans la grange avant que le vieux se taille ?

— Oh, oui, on s'était fait un repaire dans la paille.

— Et on y avait emmené le fils des Morrisson parce qu'il avait piqué de la gnôle à son père. Qu'est-ce qu'on pouvait avoir ? neuf, dix ans ?

— Ouais.

— On s'était bourré la gueule tous les trois et on avait été malades comme des chiens, tu t'souviens ? Maman comprenait rien. Ah, qu'est-ce qu'on s'était marrés !

— Oui, on s'était drôlement marrés.

— Et après, il était venu avec sa frangine et on avait tous regardé sous sa robe. Ah, quel pied ! même que ce salaud voulait se la tripoter, tu te rends compte, sa frangine !

— Oui.

— On a eu de sacrés bons moments à Bethany pendant un temps, hein ?

— Oh oui, de sacrés bons moments.

— J'sais pas quand ça a commencé à foirer, reprit Gil après un silence. P't-êt' bien quand on s'est barrés, quand maman a voulu nous foutre sur la gueule avec sa barre de fer.

— P't'êt' bien, oui.

— Enfin, après aussi c'était bien. On était comme deux doigts de la main, tous les deux.

— On s'entendait bien.

— T'étais pourtant pas toujours facile, hein, sacré Jeffrey.

— Pas toujours, non, convint Jeffrey en riant.

Gil se cala sur le parapet et regarda le ciel s'éclaircir. Ils avaient marché dans la bonne direction. Il tourna la tête vers son frère qui lui aussi observait la lueur qui faisait pâlir la nuit.

Il sortit son Sig de sa ceinture et posa des chargeurs devant lui.

— Tiens, tes munitions.

— On va tirer ?

— J'sais pas, mais si on doit partir ce sera en beauté, tu crois pas ?

Jeffrey prit les balles sans répondre. Gil ne voulait pas se rendre aux flics, il voulait les tuer. Mais s'ils tuaient des flics, eux aussi allaient mourir.

Il repensa au temps qu'il avait passé en prison. Il venait d'avoir dix-huit ans et avait été enfermé avec les adultes. Ç'avait été horrible. Épouvantable. Pas un pour l'aider, au contraire tous en avaient profité parce qu'ils le disaient idiot. Bon sang, ce qu'il avait pu subir ! Il en avait jamais parlé à son frère.

Pour rien au monde il ne retournerait en prison. Gil avait raison.

Fargo a donné l'ordre à ses hommes d'attendre le jour pour poursuivre les recherches. Kellerman et les siens ont continué.

Sam boit un café à l'écart. Je le rejoins.

— Pas trop fatigué ? (Il hausse les épaules.) On a récupéré les enfants, c'est l'essentiel. Vous finirez par coincer les Hunter.

— Oui.

— Ça ne va pas ?

— Si.

— Non, ça ne va pas.

Il me regarde.

— Qu'est-ce qui vous prend, Sandra ?

J'hésite à lui dire que je ne suis pas sûre qu'il soit fait pour ce métier. J'ai peur qu'il m'envoie promener.

— Vous prenez les choses trop à cœur, Sam.

— Quelles choses ?

— Eh bien, ces choses... ces criminels... J'ai vu votre tête devant les enfants. Vous ne pouvez pas refaire le monde, empêcher que des Hunter et des Genosi existent.

— Où voulez-vous en venir ?

— Je vous trouve... excusez-moi... Je vous trouve un peu tendre pour ce boulot.

— Ah bon ? Parce que ça ne vous fait rien que des hommes martyrisent des gosses pour de l'argent ou par vice ?

— Mais si.

— Alors, faites-moi plaisir, laissez tomber.

Il s'éloigne. Comment lui faire comprendre que j'ai peur pour lui ?

Harvey discute un peu plus loin avec un flic en fumant une cigarette. Je n'imaginais pas qu'il fumait.

Il a pris de sacrées photos qui vont faire le tour du pays. Clichés exclusifs, comme mon article. Mais allez savoir pourquoi, à cet instant je m'en bats l'œil, de l'exclusif.

On ne sait pas encore si le petit Errol va s'en tirer ; il était dangereusement déshydraté et en état de choc. À l'hôpital, on a pu faire manger et boire son frère, mais il reste prostré.

On a été chercher M. et Mme Sachs et on a dû administrer un calmant à la mère.

Sam revient vers moi.

— Excusez-moi, j'ai été injuste envers vous.

— Mais non, ce n'est rien. On est tous à bout.

— Je n'ai pas la patience d'attendre. Je regrette de ne pas être parti avec Kellerman.

— Ne soyez pas ridicule, on n'y voit goutte. On pourrait passer à côté des Hunter sans s'en apercevoir.

— On perd du temps.

— On n'est plus à quelques heures. Ils vont passer le reste de leur vie en prison.

— La prison ? Vous croyez que le débile ira ? Vous plaisantez. Leurs avocats vont dégotter une armée d'experts qui le déclareront irresponsable et l'enverront en villégiature dans un asile où il se fera chouchouter par le personnel.

— Ils n'ont pas les moyens de s'offrir des ténors du barreau...

— Pour ce genre de procès les avocats sont capables de travailler à l'œil. Rien que pour se voir tous les jours à la télévision.

— Il n'y a pas de peine de mort en Californie ?

— Si.

— Alors ?

— Qu'est-ce que ça changera ? Vous croyez que ces enfants vont oublier ce qui s'est passé ? Que les parents vont oublier Lisa ?

— Non. Personne n'oubliera. Mais que faut-il faire ?

— Je n'en sais rien. J'en ai marre de cette espèce qui tue ses petits.

— Vous avez fait un sacré bon boulot…

— Oui. Mais pendant ce temps-là, d'autres Genosi et d'autres Hunter apparaissent un peu partout.

Fargo surgit à cet instant de la tente P.C. et nous fait signe de la main.

— On nous appelle, dis-je.

Il se décolle à contrecœur de son tronc d'arbre et je le suis, enroulée dans ma couverture.

— On y va, annonce Fargo. J'ai eu Kellerman, il a fait chou blanc. On suit votre idée, on pique vers l'est. À mon avis, ils ne sont pas loin. Faut se tenir sur ses gardes. Vous, avec le photographe, vous restez là.

Je ne proteste pas, je m'y attendais. Harvey pique du nez.

— Monsieur… commence-t-il.

— La ferme, sinon je vous renvoie en hélicoptère. Vous croyez quoi ? qu'on tourne un film ?

— Je vous raconterai, dit Sam.

— Mais il n'y aura pas de photos, objecte Harvey.

— Vous dessinerez.

— Allez, en route, ordonne Fargo.

— Vous emmenez les chiens ? demandé-je.

— Bien sûr. Quand il s'agit de pister, on n'a pas trouvé mieux.

— Faites attention qu'ils ne se ramassent pas une balle, eux non plus ne sont pas armés.

— Non, mais ils font partie de la police. Allez, à plus, miss casse-bonbons.

Je les regarde disparaître dans le sous-bois. Sam se retourne et me fait un signe de la main. Harvey s'assoit par terre et je m'installe près du camion-radio où deux policiers sont de faction.

Je les entends discuter tranquillement de football. Je sais, bien sûr, que les flics sont habitués à côtoyer l'horreur. Harvey se lève et me rejoint.

— Pourquoi on ne les suivrait pas ?

— Tu as entendu, Fargo nous renverra à l'arrière.

— Comment saurait-il qu'on est là ?

— Je ne comprends pas.

— On reste à distance et quand ils piquent les Hunter, il sera trop tard.

— Et s'il y a fusillade, comme probable, et qu'on soit touchés ?

— Ça fait partie du boulot.

Je soupire. Je suis aussi frustrée que lui de jouer les potiches. Je jette un œil vers le camion, les deux gars n'ont pas bougé.

— Tu es sûr ?

— Faut pas trop tarder, sinon on va les perdre.

— Ça ne risque pas avec leurs torches... Bon, on y va, décidé-je après un moment de réflexion.

Je ne sais pas si j'ai raison, mais le « raisonnable » ne fait pas partie du balluchon du reporter.

Je prends mon magnéto pendant qu'il fourre dans ses poches le maximum de rouleaux, et on court derrière la troupe qui s'est déjà éloignée de quelques centaines de mètres.

Les flics ne sont pas discrets et avancent comme un troupeau de buffles.

— Tu vois, on ne risquait pas de les perdre...

Le terrain est difficile et je me tords les pieds avec application. À la deuxième branche que je me prends en pleine poitrine je me dis qu'à ce train on va me rapatrier en avion sanitaire.

J'entends de loin le grésillement des radios et les commentaires, mais je ne reconnais pas les voix. Je ne sais pas où est Sam.

Puis des cris retentissent et les flics se mettent à cavaler.

— Ils ont trouvé quelque chose, souffle Harvey.

— Allons-y, mais ne te montre pas.

On se faufile aussi près que l'on peut, et pendant qu'Harvey se positionne, j'ouvre le magnéto. On est à moins de trente mètres du regroupement et j'aperçois une voiture blanche plantée au milieu du sentier.

— C'est sûrement leur bagnole, s'exclame la voix de Fargo. Ils l'ont abandonnée, y doivent pas être loin, faites gaffe.

Les flics sont armés de fusils d'assaut AK 47, des armes épouvantables qui peuvent tirer un chapelet de trente balles à la seconde ou descendre un homme à quinze cents mètres. Comme un seul homme, ils débloquent les culasses et je sens ma nuque se hérisser.

— Il faut faire très attention, chuchoté-je à Harvey. Les Hunter sont probablement planqués tout près.

Il me regarde d'un air légèrement étonné. Il doit se dire que je ne brille pas par le courage, et moi je me dis qu'il a encore beaucoup à apprendre.

— On est sous la protection d'une véritable armée...

— Oui, mais même une armée n'arrête pas toutes les balles.

La troupe se remet en route avec prudence. Les hommes sont nerveux. Je voudrais bien savoir où est Sam.

On n'a pas parcouru plus d'un kilomètre que tout à coup des coups de feu partent sur notre droite, et qu'un flic s'écroule en hurlant. Dans l'instant, les hommes se jettent à terre et arrosent l'endroit d'où l'on a tiré. Des ordres sont hurlés que je ne comprends pas. J'espère que les flics les comprennent.

Je suis affalée derrière un arbre et ignore où se trouve Harvey. J'espère seulement que ce couillon ne joue pas les héros et qu'il a eu le temps de s'abriter. Je vérifie le fonctionnement de mon magnéto. Il restituera l'ambiance.

La relative tranquillité de la nuit a implosé sous le fracas des armes automatiques et les longues rafales de balles traçantes fusillent l'obscurité.

Les tirs s'arrêtent et j'entends Fargo hurler dans un porte-voix.

— Arrêtez, nom de Dieu, vous êtes encerclés. Sortez de votre trou les mains en l'air.

Un flic, nerveux, lâche une rafale, et Fargo crache une bordée de jurons dans sa direction.

Je sens une présence et Harvey se glisse à mes côtés. Il rayonne comme un soleil.

— Les photos que ça va faire !

Fargo se remet à hurler dans son porte-voix.

— Sortez, les mains en l'air. Vous serez jugés, ça vaut mieux que d'être réduits en bouillie. Eh, Hunter, tu m'entends ?

Silence complet. C'est impressionnant de se savoir entouré d'une puissance de feu égale à celle d'un porte-avions et de pouvoir entendre voler un moustique.

Ça ne dure pas. Un éclat de rire fuse soudain, accompagné d'une volée de balles qui nous fait nous aplatir d'un même élan.

Des fusées sont tirées et éclairent comme en plein jour. Et ça repart. Le lourd staccato des fusils d'assaut, les coups de feu isolés, les cris, les cavalcades. Je suis incapable de dire si je suis sous le feu ou à l'abri parce que ça canarde de tous les côtés. J'ai le nez dans la boue et pourtant j'ai l'impression de me trouver au milieu de la fusillade. Mes tympans éclatent et je creuse la terre pour m'y engloutir. Je mouline des phrases mais je ne sais pas ce que je dis. Je me cramponne à tout ce que je trouve.

Ils arrivaient. Il aurait fallu être sourd comme une batterie de pots pour ne pas les entendre.

Ces connards fouettaient tellement qu'on aurait dit qu'ils marchaient sur des œufs. C'est vrai que s'faire trouer la peau pour un salaire de misère, c'est pas bandant. Ils se glissaient dans la nuit comme quand on a peur de réveiller sa bourgeoise en rentrant tard.

Gil poussa son frère du coude, mais il les avait sentis.

— C'est eux ?

— Ouais. T'es prêt ?

— Je suis prêt.

— Gaspille pas les balles, attends de leur voir le blanc des yeux.

— Quel blanc des yeux ?

— C'est une expression, t'as jamais entendu ça dans les westerns ?

Jeffrey ne répondit pas, et Gil espéra que son frère qui avait eu peur toute sa vie ne mourrait pas comme il avait vécu.

— On va s'en payer quelques-uns, de ces connards, hein, Jeffrey ?

— On se sauvera, après ?

— J'sais pas. Mais t'as envie de passer à la chaise électrique, toi ?

Son frère secoua la tête.

— Nan.

— On va finir comme Custer. Tu te rappelles, Custer ?

— Celui qui tuait les Indiens ?

— Ouais. Il est mort en héros. On sera des héros, nous aussi. On parlera de toi partout, tu seras un exemple, t'es d'accord ? Regarde, le premier, là, sur la droite, regarde bien.

Gil avait tiré, le flic s'était écroulé et la pétarade avait démarré.

Gil s'était couché sur son frère dans un instinctif mouvement de protection. Il le sentait trembler et pleurer pendant que les lourdes rafales des flics labouraient autour. Il lui plaqua les mains sur les oreilles, asphyxié par la fumée, secoué par ce boucan de fin du monde qui lui parut ne pas devoir finir.

Il lui souleva la tête.

— Alors, mon gars, ça va ?

Un flic gueulait dans un porte-voix.

Jeffrey acquiesça vaguement. Il avait l'impression d'être liquide.

— Tiens, attrape ton .22, on va les aligner. Prends ton temps avant de tirer. Ce truc est précis mais y va pas loin. Alors, vise avec soin, d'accord ?

— J'ai peur, Gil.

— Normal, mon gars, eux aussi y pètent de trouille et moi aussi. Et qu'est-ce ça fout ? Tu penses aux potes quand y parleront d'nous ? Tu voudrais être à la place de cette pouffiasse de Français ? On a eu une sacrée bonne vie jusque-là, t'imagines les titres des canards ?

Mais Jeffrey n'imaginait rien parce qu'il avait compris qu'ils allaient être tués et qu'il avait toujours eu une peur épouvantable de la mort.

L'idée d'être enfermé dans cette boîte étroite qu'il avait vu descendre trois fois quand il était au pénitencier l'écrasait d'horreur. Il s'était bouché les oreilles pour ne pas entendre les plaisanteries des tôlards sur les vers qui vous bouffaient les yeux et les tripes et sortaient autant du trou de balle que de la bouche.

— Y veulent qu'on se rende...

— Se rendre ? Y nous tireraient comme des lapins, ces fumiers.

— Mais on va mourir…

— Comme des hommes, et on va en entraîner un paquet avec nous, crois-moi.

Et pour lui prouver qu'il avait raison, il s'était remis à tirer, déclenchant une nouvelle fusillade. Jeffrey s'était jeté à terre en hurlant.

Gil avait la paume des mains brûlantes à force de recharger son Sig et de tirer.

Il tirait sans viser, animé par la rage de voir son frère dans cet état, la rage d'avoir échoué, de finir abattu comme un gibier ; de ne pas être devenu riche, de ne pas avoir baisé toutes les filles qu'il aurait voulu, de ne pas avoir pu prouver à ces culs-terreux de Bethany qu'il était un caïd et eux, qui les avaient chassés, de la merde.

Et il tirait, rechargeait, tirait. Puis il vit Jeffrey se redresser, lever son arme et se mettre enfin de la partie.

Jeffrey qui se tourna vers lui, joyeux, quand une de ses balles fit basculer une silhouette, et à l'instant où ils éclataient de rire, disparut dans une bouillie rougeâtre, pendant que lui-même recevait, il ne savait où, un fer brûlant qui lui arrachait la viande, le faisait hurler comme une bête, rouler sur lui-même et continuer à tirer jusqu'à ce que le bruit sec de la culasse frappant dans le vide lui indique, quoi ? Qu'il n'avait plus de balles ? Il s'en foutait parce que son frère, couché sur le dos, lui, n'avait plus de tête.

Il se redressa en hurlant, trouva, où ? comment ? un ultime chargeur qu'il vida au hasard, se jeta hors du trou, par l'arrière, rampa sous les arbres en pleurant et en braillant sa haine de toutes les forces qui lui restaient, courut sur un pied, puis deux, l'épaule en feu, la main qui la soutenait poisseuse du sang qui pissait, pendant que derrière retentissaient des clameurs et des cris, le bruit effroyable des hélicos, les aboiements hystériques des chiens, et qu'il dégringolait, tête la première, dans un vide sans fond, rebondissait sur la terre dure, s'accrochait et s'arrachait à des branches qui le retenaient un temps et le relâchaient, et s'engloutissait dans un noir profond et sans limites.

ÉPILOGUE

C'est fini. J'ai passé une nuit et une journée à rédiger mon article sur la fin de la saga des Hunter. Les journaux concurrents se sont déchaînés mais le *San Francisco News* a pulvérisé ses ventes, davantage encore que pour mon enquête de Boulder City.

Je suis passée à la télé sur une trentaine de chaînes et j'ai été interviewée comme si c'était moi qui avais récupéré toute seule les enfants et abattu les Hunter.

Un seul Hunter. L'autre, malgré les recherches, n'a pas été retrouvé.

« Il pourrit dans un coin », a dit Fargo, et tous ont été d'accord. Et c'est sûrement la vérité.

J'ai retrouvé Nina et les autres, et j'ai raconté l'histoire tant de fois que je ne savais plus si c'était vrai ou si j'avais rêvé.

On m'a dit que j'avais été sacrément courageuse et j'ai eu beau leur expliquer que j'ai passé mon temps à crever de trouille et à me fiche des coups de pied dans le derrière pour avancer, ils n'ont pas voulu me croire. Sauf Nina qui sait, comme toujours, si je mens ou si je dis la vérité.

C'est fini. Les petits garçons ont survécu mais je ne sais pas où ils en sont. Leurs parents non plus, qui ont retrouvé les ombres de leurs fils et devront apprendre à vivre avec le souvenir de Lisa.

Au Q.G. police de San Francisco et à la mairie, ils ont marqué le coup et les chefs flics ont été fêtés comme des héros.

Fargo avait sa bouille de baigneur illuminée en recevant la médaille du Mérite de la Ville, et Sam a eu droit à une citation comme membre honoraire de la police municipale de Frisco. Kellerman, je ne sais pas, parce que je ne l'ai pas revu.

Je sors du *San Francisco News* et me dirige vers Potrero pour rentrer chez moi.

Cette saloperie de vent caractéristique de la ville s'est levé et réussit à refroidir le soleil pourtant relativement généreux aujourd'hui.

Je traverse et aperçois de loin le Bistrot de Paris. C'est ouvert, je vois des filles s'y diriger. Pas moi.

Je ne veux pas retomber sur Karen. Ça a un peu trop bien marché au lit avec elle. Je ne veux pas prendre de risques.

Je profite que le tram qui me ramène chez moi entame une côte pour sauter dedans. Sur la plate-forme, trois jeunes chantent du rap en s'accompagnant de tambourins. Ils font tellement de bruit que j'entre à l'intérieur.

Nina m'attend chez moi avec des amis. Ce soir, on célèbre mon succès. Ce doit être la quinzième fois.

Mais comme disait ma grand-mère, il ne faut jamais louper une occasion de faire la fête.

BOSTON, QUARTIER DE BEACON HILL

Avant d'enfoncer le bouton de la sonnette, j'aurais dû écouter. Trop tard. La porte s'ouvre devant ma mère rayonnante.

— Samêlè, mon fils, enfin.

Mon sourire en fente de tirelire ne résiste pas aux soixante-dix kilos de viande bavante qui se jettent au même moment dans mes bras en gémissant de joie : Spartacus.

Mais ce n'est pas tout. Autour d'une table surchargée de victuailles comme pour les fiançailles de la princesse Fahri d'Arabie Saoudite, sont assises une demi-douzaine de sexagénaires briquées et souriantes qui comme une seule femme applaudissent à mon entrée.

Cramponné à Spartacus qui a entamé avec moi une valse viennoise, je jette un œil éperdu vers ma mère.

— Entre, Samy, viens dire bonjour à ces dames, on est toutes tellement fières.

Après un dernier tour de piste avec Spartacus, ma mère me pousse vers « ces dames » qui m'embrassent avec effusion.

Je croise le regard de ma mère qui brille comme le phare d'Alexandrie, et me revient la blague juive des trois fils : « La première mère dit : mon fils est si riche qu'il pourrait acheter Paris. La seconde : le mien a tellement d'argent qu'il pourrait acheter New York. Et la troisième, la mienne, répondrait : Oui, mais je ne sais pas si mon fils voudrait leur vendre. »

— Sam, me dit l'une des invitées, Sam, si vous êtes la fierté de votre mère, vous êtes l'orgueil de votre communauté.

— Samêlè, intervient ma mère, je te présente Mme Idanovitch, la présidente du club Wizo[1] de notre ville.

— Enchanté... balbutié-je d'entre les pattes de Spartacus.

On rit et on glousse, on mange et on boit du thé, on parle et on aboie.

Au bout d'une heure de ce traitement, j'ai pris trois livres et ai contracté un trismus des zygomatiques.

Mon costume de chez Armani, en pure laine anglaise, ressemble à ces serpillières de pont dont se servent les marines, et je me dis que si les séduisantes jeunes femmes que je convoite doivent évoluer dans le sens des créatures qui m'entourent, il ne me reste que deux solutions : rester vieux garçon ou virer ma cuti.

Ce qui me fait penser, sans aucun rapport, à Julia avec qui j'ai dîné la veille au soir.

Et pendant qu'une certaine Mme Kissinger raconte pour la deux centième fois sûrement l'odieuse agression dont elle a été victime dans son parking, je me transporte en pensée quelques heures en arrière.

— Julia, on dîne ensemble ce soir ?

J'entends à l'autre bout du fil le brouhaha du bureau dans lequel travaille Julia.

— Avec plaisir, Sam. Vous êtes une célébrité.

Je ne lui demande pas si dans le cas contraire elle m'aurait raccroché au nez.

— Des fruits de mer, ça vous dit ?

— Oh, non, il FAUT absolument aller dans ce restaurant thaï dont tout le monde parle.

— Entendu, je vous attends à sept heures chez Freddy ?

— C'est d'accord.

---

1. La Wizo est une association caritative féminine, qui vient en aide aux membres de la communauté juive en difficulté et qui recueille des dons pour Israël.

J'en suis à mon second bourbon et à ma quatrième soucoupe de cacahouètes quand Julia arrive chez Freddy avec trente minutes de retard.

Toutes dents dehors, j'agite la main et elle arrive sur moi en bousculant au passage mon voisin qui se renverse son jus de tomate sur le pantalon.

— Désolée d'être en retard, Sam, j'ai eu une journée de folie.

Et pendant qu'elle me la raconte, je reprends un troisième bourbon.

Au quatrième, elle consent à ce qu'on aille dîner. Sa voiture est garée à un kilomètre de chez Freddy et on traverse la moitié de la ville pour aller chez le Thaï. Heureusement que c'est elle qui conduit car je n'ai déjà plus les yeux en face des trous.

Le Thaï est embossé dans un fond de cour sordide et deux malabars en gardent l'entrée. Des poubelles pleines s'accumulent à droite et à gauche et il faut enjamber des vieux cartons pour y accéder.

Julia parle à un des catcheurs et lui donne sûrement le bon mot de passe car il consent à nous ouvrir la porte.

À l'intérieur, c'est Grand Central à l'heure de pointe. Mais un Grand Central où ne se retrouverait que la jet-set.

Avec le même sésame, Julia obtient au bout de vingt minutes de négociation un guéridon coincé entre le retour du bar et la porte battante de la cuisine.

Pas de menu, mais un repas imposé. Julia mange comme si elle était une rescapée du radeau de la Méduse, et moi j'essaie de comprendre toute la finesse de la Constitution des États-Unis qu'elle a décidé de me faire connaître.

Julia est juriste, une très bonne juriste, et pendant que l'on dîne, des confrères que je trouve obséquieux et mal élevés viennent la saluer et en profiter pour lui faire du gringue.

Une fois réglée l'addition, présentée dans la gueule d'un dragon en faux jade et dont le montant aurait suffi à en acheter un vrai, grandeur nature, elle me dit :

— Alors, on va à Cornell ?

— Où ?

— Mais vous avez bien entendu mon confrère... Il fête ses vingt ans de carrière et serait ravi de présenter un policier aussi valeureux que vous à ses amis. On s'amuse énormément chez lui car l'éventail de ses relations est incroyable ; il fréquente ABSOLUMENT tout le monde, alors attendez-vous à être confronté à des gauchos qui vous reprocheront vertement d'avoir abattu ce pauvre Hunter, et à des fachos qui vous demanderont si vos aïeux sont bien venus à bord du *Mayflower*.

— Très intéressant...

— De vous à moi, on se pique aussi pas mal le nez.

— Julia... heu... Je suis de retour depuis seulement une semaine et je dois dire que l'enquête que j'ai menée en Californie a été très éprouvante...

— Oh, ça, j'en suis sûre.

— Et j'espérais, enfin j'aurais préféré que vous et moi allions prendre un verre... je ne sais pas... peut-être dans un de ces endroits où l'on sert des cocktails de qualité dans un décor raffiné... avec une musique qui incite au romantisme...

— Oh, Sam, je vous adore. Si, c'est vrai, je vous adore. Vous êtes tellement... comment dire... vous me faites penser à Scott Fitzgerald.

— Et vous ne voulez pas être ma Zelda ?

— Sam, on est à l'aube de l'an 2000...

— Et quand un homme est amoureux d'une femme en 1998 c'est différent de 1925 ?

— Sam, vous êtes impayable.

— Oh, madame Gurwitz, racontez à Sam comment votre David a obtenu ce poste de secrétaire particulier du gouverneur de Caroline du Nord, pourtant si antisémite, il va mourir de rire. Spartacus, descends de sur les genoux de ton frère, tu ne vois pas que tu l'embêtes ?

J'ai laissé Julia se rendre à sa soirée gaucho-facho-cocaïno-conno, et je suis rentré chez moi.

Je me suis déshabillé et, sous la douche, je me suis promis que mes dix prochaines années seraient consacrées à l'ambitieuse étude des comportements humains.

SAN FRANCISCO, QUARTIER DE PASADENA

Il coupa le moteur et la Harley continua sur son erre.

La lune à ses trois quarts se roulait dans le Pacifique. La baie était illuminée par les lumières de Richmond et les milliers d'ampoules du pont d'Oakland la tranchaient comme un sabre. Le Santa Ana, le vent rouge qui vient de la terre et rend fou, secouait nerveusement les arbres et agressait les eaux calmes de la baie.

Les réverbères balançaient de loin en loin des flaques de lumière qui se perdaient dans la nuit. Les phares des rares voitures trouaient fugacement l'obscurité.

Il mit pied à terre et descendit la béquille de la moto.

Il prit son temps pour enlever ses gros gants de cuir et les poser sur la selle. Il s'assit à l'abri du petit bois sur le talus.

Plus tard, les lumières de Richmond, d'Oakland Bay et celles des réverbères furent avalées par le brouillard. Et le vent redoubla de fureur.

Ne restaient que la vague lueur des lampes derrière les grandes baies vitrées du salon, la lanterne de la terrasse, et celle qui éclairait l'escalier qui menait à la plage.

À une cinquantaine de mètres, la villa voisine avait ses fenêtres sombres et son patio éclairé. C'était un quartier chic, les demeures étaient espacées et séparées de la route par un haut talus herbeux.

Sans se lever, il fouilla dans une des sacoches en cuir noir ornées de clous brillants. Sa main se referma sur l'étui du poignard commando qu'il avait acheté une heure plus tôt dans un magasin d'articles de chasse. Il le sortit et fit jouer la lame épaisse et brillante dans le fourreau de toile kaki.

La poignée n'était pas bien équilibrée, mais c'était sans importance. Ce n'était pas un couteau de lancer, mais à dépecer.

Il prit une torche-stylo dans sa poche de combinaison et fouilla de nouveau dans la sacoche d'où il sortit une chemise cartonnée remplie de coupures de journaux qu'il posa sur ses genoux en les maintenant.

Ils étaient tous là. Les kilos de journaux qu'il avait découpés. Les magazines sur papier glacé qui exhibaient les photos. Les articles, les commentaires, les explications, les menaces, les insultes.

Chaque article reprenait les renseignements de la seule journaliste qui avait été autorisée à suivre la traque. On la voyait avec le maire, avec le chef de la police. On l'avait même photographiée devant le cadavre.

Il se leva et fit quelques pas sur la route en direction de la villa, en faisant craquer les jointures de ses doigts. Il jeta un coup d'œil pour le cas où une voiture de police viendrait à rôder. Ce devait être courant dans ce quartier de rupins.

Il s'approcha et grimpa sur le talus. La force du vent le fit trébucher, et il fut assourdi par le bruit des vagues qui s'écrasaient sur les rochers.

Elle était là. Assise devant un ordinateur dont il apercevait l'écran laiteux. Sûrement en train de torcher un de ses articles où elle traitait les gens de fous, de malades, de sadiques, de monstres.

Une autre bonne femme lisait, allongée dans un hamac tendu au milieu de la pièce.

Il les vit se parler et elle quitta son écran pour aller dans une autre partie de la maison d'où elle rapporta une tasse.

La seconde femme était assise dans le hamac, les jambes pendantes. Le téléphone sonna et elle alla répondre. Elle rit et appela son amie.

Ce qui le foutait en rogne et l'excitait en même temps, c'est qu'elles étaient belles toutes les deux. Une rousse et une brune.

Elle lui passa l'écouteur et retourna devant son écran.

Il regarda sa montre. Onze heures. À quelle heure allaient-elles se coucher ?

Son pied glissa sur l'herbe mouillée et il se rattrapa à une racine. Il fit la grimace. Son épaule le faisait toujours souffrir.

C'était rien. Rien à côté de ce qu'elle souffrirait, elle. Et l'autre aussi.

Il ignorait qu'elle vivait avec une gonzesse. La salope. Ça mettait du piquant à l'affaire. Deux bonnes femmes, putain ! Qu'est-ce que son frère aurait rigolé.

De l'évoquer lui serra la gorge. Qu'est-ce qu'elle avait pas dégoisé sur son compte.

Il retourna vers le petit bois d'où il pouvait observer l'ensemble de la maison. Il pissa contre un tronc d'arbre sans la quitter des yeux.

À onze heures trente, une voiture de patrouille passa lentement sur la route, vérifiant les voitures en stationnement et les villas.

Il se dissimula précipitamment.

Les occupants de la maison au patio éclairé arrivèrent, se garèrent, et entrèrent rapidement chez eux. Ils éteignirent l'extérieur et une lumière brilla au premier. Un quart d'heure plus tard la maison était de nouveau plongée dans le noir.

Le vent redoubla et une branche tomba en le frôlant.

Il plissa les yeux. Une des femmes venait de sortir sur la terrasse. Elle pliait des transats et les appuyait contre le mur. C'était l'autre. Il en était sûr. Pas la sienne. Enfin, toutes les deux étaient les siennes.

Il commencerait par la copine. Pour le plaisir de l'œil.

Il grimaça. Personne ne saurait qui l'avait fait, puisqu'on le croyait mort.

Il n'avait plus longtemps à attendre.

POSTE DE POLICE DE PARADISE

Le téléphone sonna dans le poste et l'agent Conway décrocha.

— Poste de police de Bradison, j'écoute... Oui, madame... À quel endroit ? (Il regarda sa montre.) Il n'est que minuit, madame. C'est peut-être des jeunes qui pendent une crémaillère... Oui, je comprends... Mais les deux voitures sont en patrouille... Le maire ? Je vais voir ce que je peux faire, madame. Je note... oui, j'envoie une voiture. Je vous en prie, madame Carter. Mes respects à monsieur le maire.

Il raccrocha en jurant. Ces saloperies de notables croyaient vraiment que la police leur appartenait. Le téléphone sonna de nouveau.

— Ah, c'est toi, Billy... où tu es ? Pasadena... J'ai un appel de la cousine du maire... Ouais... Elle habite Ridgway et prétend que des gens qui font la fête l'empêchent de dormir... Tu vas y faire un saut ? Ouais, je sais, c'est des chieurs, et cette saleté de vent les rend encore plus cinglés. Écoute, finis ta ronde dans ton coin... Y a du brouillard ce soir ? Je veux, allô ? J't'entends mal, y a de la friture... Une moto ? Et alors, ce serait plus grave si tu voyais un éléphant rose... hin... hin... hin... Ouais, c'est ça, file à Ridgway, 2118, Bond Street... Ben, relève le numéro... D'accord, va voir c'que c'est... Après, tu vas faire un saut à Ridgway, hein ? Si le Santa Ana s'arrête pas, on va avoir une nuit agitée, j'te dis pas.

L'agent Conway se leva en soupirant et regarda dehors. Putain, c'est vrai qu'on n'y voyait goutte. Qu'est-ce qu'il avait, Billy, avec cette moto garée en bordure d'un bois ? Probablement un couple qui s'envoyait en l'air à l'abri des fourrés. Quoique, à bien y réfléchir, le temps s'y prêtait pas. Mais y avait des vicieux, et Billy était un bleu qui avait tout à apprendre. Une moto. Pourquoi une moto stationnait-elle là ? Si ça avait été un visiteur, il l'aurait garée autrement.

Conway décrocha son ceinturon et le boucla. Il prit aussi sa carabine. Là-bas, il y avait des gens importants. Autant y aller et vérifier.

Il prévint Billy qu'il arrivait et de l'attendre sur place à Pasadena. Il bascula la ligne sur la fréquence de sa voiture et sortit.

Il grimaça. Sa partie de pêche de dimanche avec Josh était foutue si cette saloperie de vent rouge persistait.

Dans la même collection

Claude Amoz	Le caveau	5741
	Dans la tourbe	5854
William Bayer	Mort d'un magicien	6088
Laurent Botti	Pleine brume	5579
Serge Brussolo	Le livre du grand secret	5704
Philippe Carrese	Graine de courge	5494
Thomas H. Cook	Les instruments de la nuit	5553
Philippe Cousin	Le pape est dans une pièce noire, et il hurle	5764
Stephen Dobyns	Persécution	5940
Stella Duffy	Les effeuilleuses	5797
	Beneath the Blonde	5766
James Elliott	Une femme en danger	4904
Linda Fairstein	L'épreuve finale	5785
	Un cas désespéré	6013
Christopher Fowler	Psychoville	5902
Nicci French	Jeux de dupes	5578
	Mémoire piégée	5833
Lisa Gardner	Jusqu'à ce que la mort nous sépare	5742
Andrea H. Japp	La voyageuse	5705
	Petits meurtres entre femmes	5986
Robert Harnum	La dernière sentinelle	6087
Yasmina Khadra	Le dingue au bistouri	5985
Andrew Klavan	À la trace	6116
Guillaume Lebeau	L'agonie des sphères	5957
Éric Legastelois	Putain de cargo!	5675
Philip Le Roy	Pour adultes seulement	5771
David L. Lindsey	Mercy	3123
Philippe Lobjois	Putsch rebel club	5998
John Lutz	JF partagerait appartement	3335
Jean-Pierre Maurel	Malaver s'en mêle	5875

Nigel McCrery	L'oiseau de nuit	5914
	Effets secondaires	6012
Estelle Monbrun	Meurtre chez tante Léonie	5484
	Meurtre à Petite Plaisance	5812
T. Jefferson Parker	Pacific Tempo	3261
	L'été de la peur	3712
John Saul	La présence	5961
Jacques Sadoul	Carré de dames	5925
Walter Satterthwait	Miss Lizzie	6115
Whitley Strieber	Billy	3820
Dominique Sylvain	Travestis	5692
	Techno bobo	6114
Maud Tabachnik	Un été pourri	5483
	La mort quelque part	5691
	L'étoile du Temple	5874
	Le festin de l'araignée	5997
Carlene Thompson	Tu es si jolie ce soir	5552
	Noir comme le souvenir	3404
	Rhapsodie en noir	5853
Fred Vargas	Debout les morts	5482
	Un peu plus loin sur la droite	5690
	Ceux qui vont mourir te saluent	5811
	Sans feu ni lieu	5996

6148

Composition Chesteroc International Graphics
Achevé d'imprimer en Europe (France)
par Maury-Eurolivres à Manchecourt
le 1er février 2002.
Dépôt légal février 2002. ISBN 2-290-31729-2

Éditions J'ai lu
84, rue de Grenelle, 75007 Paris
Diffusion France et étranger : Flammarion